Laetitia Colombani

De vlecht

Vertaald uit het Frans
door Carolien Steenbergen

Ambo|Anthos
Amsterdam

Het gedicht op p. 87 is afkomstig uit: Cesare Pavese, *De dood zal komen en jouw ogen hebben*. Amsterdam: De Bezige Bij, 2001. (vertaling Pietha de Voogd en Willem van Toorn)

MIX
Papier van verantwoorde herkomst
FSC® C014496

ISBN 978 90 263 4038 3

Oorspronkelijke titel *La tresse*
Oorspronkelijke uitgever Editions Grasset & Fasquelle
Omslagontwerp Marry van Baar
Omslagillustratie © Studio Omg / EyeEm / Getty Images
Foto auteur © 2017, JF Paga – Grasset

Verspreiding voor België:
Veen Bosch & Keuning uitgevers nv, Antwerpen

Voor Olivia

Voor de moedige vrouwen

vlecht, v(m) bundeling van drie haarlokken, van drie vervlochten strengen.

‘... Simone, er zit een groot mysterie in het woud van je haar.’

Remy de Gourmont

‘Een vrije vrouw is precies het tegenovergestelde van een lichte vrouw.’

Simone de Beauvoir

Proloog

Het is het begin van een verhaal.
Een verhaal dat steeds weer nieuw is.
Hier, onder mijn vingers, komt het tot leven.

Eerst is er het montuur.
De structuur moet stevig genoeg zijn om het geheel te dragen.
Zijde of katoen, voor de stad of de bühne. Dat hangt ervan af.
Katoen is sterker,
Zijde fijner en onopvallender.
Je hebt een hamer en spijkertjes nodig.
Je moet vooral zorgvuldig te werk gaan.

Daarna volgt het weven.
Dat deel is me het liefst.
Op de trekplank voor me
Zijn drie nylon draden gespannen.
De strengen uit de bundel lichten, drie per drie
Ze knopen zonder ze te breken.
En dan opnieuw beginnen
Duizenden keren.

Ik houd van die eenzame uren waarin mijn handen dansen.
Het is een vreemd ballet, dat van mijn vingers.
Ze schrijven een verhaal over vlechten en verstrengeling.
Dat verhaal is het mijne.

Toch is het niet mijn bezit.

Smita

Badlapur Village, Uttar Pradesh, India

Smita wordt wakker met een vreemd gevoel, een zachte drang, een onbekende vlinder in haar buik. Vandaag is een dag die ze zich haar leven lang zal herinneren. Vandaag gaat haar dochter voor het eerst naar school.

Smita heeft nooit een voet in een school gezet. Hier in Badlapur gaan mensen als zij daar niet naartoe. Smita is een *dalit*. Een paria. De mensen die Gandhi 'Gods kinderen' noemde. Buiten de kaste, buiten het systeem, buiten alles. Een aparte soort, die als te onrein wordt beschouwd om zich met anderen te mengen, onwaardig uitschot dat angstvallig wordt uitgesloten, zoals je het kaf van het koren scheidt. Net als Smita leven ze met miljoenen buiten de dorpen, buiten de maatschappij, in de marge van de mensheid.

Iedere ochtend is het hetzelfde ritueel. Als een bekraste plaat die bij een helse symfonie blijft steken wordt Smita wakker in de hut die haar als huis dient, vlak bij de door de Jat bebouwde akkers. Ze wast haar gezicht en haar voeten met water dat ze de vorige dag uit de put heeft gehaald, de put die voor hen bestemd is. Water uit de andere halen, die van de hogere kasten, is ondenkbaar, hoewel die dichterbij en beter bereikbaar is. Het kan je dood zijn. Ze maakt zich klaar, kamt Lalita's haar, geeft Nagarajan een kus. Dan pakt ze haar mand van gevlochten rotan, de mand die haar moeder al droeg en waar ze al onpasselijk van wordt als ze ernaar kijkt, de mand met de hardnekkige, scherpe en onuitwisbare stank die ze de hele dag draagt als een kruis, een schaamtevolle last. Die mand is haar lijdensweg. Een vloek. Een straf. Voor iets wat ze in een vorig leven gedaan moet hebben, waarvoor je moet opdraaien, moet boeten, want uiteindelijk is dit leven niet belangrijker dan het voorgaande, of het volgende, het is gewoon een leven als alle andere, zei haar moeder. Zo is het, het is het hare.

Het is haar *darma*, haar plicht, haar plaats in de wereld. Een beroep dat van moeder op dochter wordt overgedragen, al generaties lang. *Scavenger*, in het Engels betekent de term 'schoonveger'. Een zedig woord voor iets wat dat niet is. Er bestaat geen woord dat beschrijft wat Smita doet. Ze raapt met blote handen andermans stront op, de hele dag. Ze was zes jaar, zo oud als Lalita nu, toen haar moeder haar voor het eerst meenam. 'Kijk goed, dan kun je het straks zelf.' Smita herinnert zich de geur nog die haar overviel, agressief als een zwerm wespen, een onverdraaglijke, onmenselijke geur. Ze had overgegeven in de wegberm. 'Je went er wel aan,' zei haar moeder. Dat was gelogen. Het went niet. Smita heeft geleerd haar adem in te houden, in apneu te leven. 'Je moet ademen,' zei de dorpsdokter, 'kijk eens hoe je hoest. Je moet eten.' Haar eetlust is Smita al heel lang kwijt. Ze herinnert zich niet meer hoe dat voelt, honger hebben. Ze eet weinig, het strikte minimum, een handjevol rijst aangelengd met wat water waartoe ze zichzelf elke dag tegen wil en dank dwingt.

De regering had nog wel toiletten voor het dorp beloofd.

Helaas zijn die er tot op heden niet gekomen. Net als elders poept men in Badlapur in de openlucht. De grond is overal bevuild; de beken, rivieren en akkers zijn door tonnen uitwerpselen verontreinigd. Ziektes verspreiden zich als een vonk bij buskruit. De politici weten het: meer dan om hervormingen, meer dan om sociale gelijkheid, zelfs meer dan om werk vraagt het volk dringend om toiletten. Om het recht om waardig te kunnen poepen. In de dorpen zijn vrouwen gedwongen te wachten tot het donker is voordat ze de akker op gaan, wat hen aan allerlei vormen van agressie blootstelt. Mensen met veel geluk hebben een hoekje op hun binnenplaats of achter in het huis ingericht, een eenvoudig gat in de grond dat eufemistisch 'droog toilet' wordt genoemd, latrines die de dalitvrouwen dagelijks met blote handen komen legen. Vrouwen als Smita.

Haar ronde begint tegen zevenen. Smita pakt haar mand en rotan borstel. Ze weet dat ze twintig huizen moet legen, elke dag, er is geen tijd te verliezen. Ze loopt langs de wegberm, haar blik omlaag, haar gezicht bedekt door een sjaal. In sommige dorpen moeten dalitvrouwen hun aanwezigheid kenbaar maken door een ravenveer te dragen. In andere zijn ze gedwongen blootsvoets te lopen – iedereen kent het verhaal van de paria die werd gestenigd louter omdat hij sandalen droeg. Smita betreedt de huizen via de achterdeur die voor haar bestemd is. Ze mag de bewoners niet tegenkomen, laat staan met hen praten. Ze is niet alleen een paria, ze moet ook onzichtbaar zijn. Als vergoeding krijgt ze etensresten, soms oude kleren, die men voor haar op de grond gooit. Niet aanraken, niet kijken.

Soms krijgt ze helemaal niets. Een Jatfamilie geeft haar al

maanden niets. Smita wilde stoppen, dat zei ze op een avond tegen Nagarajan. Ze gaat er niet meer heen, ze ruimen zelf hun stront maar op. Maar Nagarajan werd bang: als Smita haar werk niet meer doet, zullen ze worden verjaagd, ze hebben geen eigen grond. Dan steken de Jat hun hut in brand. Ze weet waartoe ze in staat zijn. 'We hakken je twee benen eraf,' zeiden ze tegen een van hen. Die man werd zonder ledematen en door zuur verbrand teruggevonden op een akker in de buurt.

Ja, Smita weet waartoe de Jat in staat zijn. Dus gaat ze er de volgende dag weer heen.

Maar vandaag is een andere dag dan anders. Smita heeft een besluit genomen dat zich haarscherp aan haar opdrong: haar dochter gaat naar school. Het kostte haar moeite om Nagarajan ervan te overtuigen. 'Wat heeft het voor zin?' vroeg hij. Ze leert misschien lezen en schrijven, maar niemand geeft haar hier werk. Je wordt geboren als leger van toiletten, en dat blijf je tot je dood. Het is een erfenis, een cirkel die niemand kan doorbreken. Een *karma*.

Smita gaf niet op. Ze begon er de volgende dag weer over, en de dag daarna, en de volgende. Ze weigert Lalita op haar ronde mee te nemen: ze laat haar de handelingen van de 'toiletlegers' niet zien, ze wil haar dochter niet zien overgeven in de greppel zoals haar moeder háár zag, nee, dat niet. Lalita moet naar school. Nagarajan zwichtte ten slotte voor haar vastberadenheid. Hij kent zijn vrouw; ze heeft een hoop wilskracht. Deze kleine donkere dalit met wie hij tien jaar geleden trouwde is sterker dan hij, dat weet hij. Dus uiteindelijk zwicht hij. Vooruit dan. Hij gaat naar de dorpsschool, hij gaat met de brahmaan praten.

Smita glimlachte stilletjes om haar overwinning. Wat had ze graag gewild dat haar moeder voor háár had gevochten. Wat was ze graag die schooldeur door gegaan, om tussen de andere kinderen plaats te nemen. Te leren lezen en rekenen. Maar dat was onmogelijk: Smita's vader was niet zo'n goede man als Nagarajan, want hij was opvliegend en agressief. Hij sloeg zijn vrouw, zoals iedereen hier. Hij zei vaak: een vrouw is niet gelijk aan haar man, ze is zijn bezit. Ze behoort hem toe als zijn slavin. Ze moet zich schikken naar zijn wil. Ongetwijfeld had haar vader nog liever zijn koe dan zijn vrouw gered.

Maar Smita heeft geluk: Nagarajan heeft haar nooit geslagen, nooit uitgescholden. Toen Lalita werd geboren stemde hij er zelfs mee in haar te houden. Niet ver van hier worden meisjes bij hun geboorte gedood. In de dorpen van Rajasthan worden ze levend begraven, in een doos, onder het zand, vlak na de geboorte. Het duurt een nacht voordat de kleine meisjes dood zijn.

Maar hier niet. Smita kijkt naar Lalita, die opgerold op de onverharde grond in de hut ligt en het haar van haar enige pop kamt. Haar dochter is mooi. Ze heeft fijne trekken en lang haar tot aan haar middel, dat Smita elke morgen ontklit en vlecht.

Mijn dochter leert lezen en schrijven, denkt ze bij zichzelf, en die gedachte vrolijkt haar op.

Ja, vandaag is een dag die ze zich haar leven lang zal herinneren.

Giulia

Palermo, Sicilië

'Giulia!'

Giulia opent moeizaam haar ogen. Van beneden klinkt de stem van haar moeder.

'Giulia! *Scendi! Subito!*'

Giulia voelt de verleiding haar hoofd onder het kussen te verbergen. Ze heeft niet lang genoeg geslapen – ze heeft opnieuw de hele nacht liggen lezen. Maar ze weet dat ze moet opstaan. Als je moeder roept, moet je gehoorzamen – het is een Siciliaanse moeder.

'Giulia!'

De jonge vrouw stapt met tegenzin uit bed. Ze kleedt zich haastig aan en loopt de trap af en de keuken in, waar mamma ongeduldig wacht. Haar zus Adela is al op en lakt haar teennagels op de ontbijttafel. Giulia's gezicht vertrekt van de geur van het oplosmiddel. Haar moeder zet een kop koffie voor haar neer.

'Je vader is al weg. Vanochtend open jij.'

Giulia grijpt de sleutels van het atelier en verlaat vlug het huis.

'Je hebt niks gegeten! Neem iets mee!'

De woorden van haar moeder negerend springt ze op haar fiets en begint te trappen. Door de frisse ochtendlucht wordt ze wat wakkerder en de wind slaat in haar gezicht en haar ogen. In de buurt van de markt prikkelen de geuren van citrusvruchten en olijven haar neus. Giulia komt langs de viskraam waar vers gevangen sardines en paling liggen uitgestald. Ze maakt tempo, fietst over de stoep, verlaat de Piazza Ballaro waar de straatverkopers de klanten al aanklampen.

Ze bereikt een doodlopend steegje niet ver van de Via Roma. Daar zit het atelier van haar vader, in een voormalig bioscooppand dat hij twintig jaar geleden – Giulia's leeftijd – heeft overgenomen. De locatie die hij daarvoor had werd te krap, dus een verhuizing was nodig. Op de gevel is nog te zien waar de filmaffiches werden aangeplakt. De tijd dat de *Palermitani* zich verdrongen voor de films van Alberto Sordi, Vittorio Gassman, Nino Manfredi, Ugo Tognazzi of Marcello Mastroianni is lang vervlogen... Tegenwoordig zijn de meeste theaters gesloten, zoals dit kleine, tot atelier omgebouwde buurtbioscoopje. De projectieruimte werd tot kantoor omgetoverd, er moesten ramen komen in de grote zaal zodat de arbeidsters genoeg licht hadden om bij te werken. Papa heeft alle werkzaamheden zelf uitgevoerd. Deze plek lijkt op hem, denkt Giulia: hij is rommelig en gezellig, net als hij. Ondanks zijn legendarische woede-uitbarstingen wordt Pietro Lanfredi door zijn werkneemsters gewaardeerd en gerespecteerd. Hoewel hij veeleisend en autoritair is, is hij een liefhebbende vader, die zijn dochters de waarde van discipline en de liefde voor kwaliteit heeft bijgebracht.

Giulia pakt de sleutel en opent de deur. Gewoonlijk is haar vader de eerste die binnenkomt. Hij vindt het belangrijk om zijn arbeidsters zelf te ontvangen – daar ben je de *padrone* voor, is zijn motto. Hij maakt een praatje met de een, toont interesse voor de ander, heeft altijd oog voor iedereen. Maar vandaag doet hij zijn ronde langs de kappers van Palermo en omstreken. Hij zal niet voor het middaguur terug zijn. Vanochtend is Giulia de vrouw des huizes.

Om deze tijd is het atelier nog rustig. Het duurt niet lang meer of de ruimte gonst van de gesprekken, liedjes en opgewonden stemmen, maar op dit moment klinkt er niets dan stilte en de echo van Giulia's voetstappen. Ze loopt naar de kleedruimte van de arbeidsters en legt haar spullen in het vakje met haar voornaam. Ze pakt haar schort en schiet zoals elke dag in haar tweede huid. Ze bindt haar haar samen, rolt het in een strakke knot en steekt er behendig wat speldjes in. Dan bedekt ze haar hoofd met een sjaaltje, een noodzakelijke voorzorgsmaatregel hier – je eigen haar moet gescheiden blijven van wat in het atelier wordt verwerkt. Zo uitgedost is ze niet langer de dochter van de baas: ze is een arbeidster als de andere, een medewerkster van Atelier Lanfredi. Daar staat ze op. Ze wilde nooit voorgetrokken worden.

De voordeur gaat knarsend open en een zwerm vrolijke stemmen vult de ruimte. In een mum van tijd komt het atelier tot leven, wordt het de rumoerige ruimte waar Giulia zo van houdt. In een onverstaanbaar geroezemoes van verschillende gesprekken door elkaar haasten de arbeidsters zich naar de kleedruimte waar ze hun jassen en schorten aantrekken, waarna ze zich kletsend naar hun werkplek begeven. Giulia volgt hen. Agnese ziet er moe uit – bij haar jongste komen de tandjes door; ze heeft vannacht vast niet geslapen. Federica houdt haar tranen in, haar vriendje heeft haar kennelijk laten zitten.

'Alweer?!' roept Alda uit.

'Die komt morgen weer terug,' stelt Paola haar gerust.

Hier delen de vrouwen meer met elkaar dan een ambacht. Terwijl hun handen bezig zijn met het haar dat ze bewerken praten ze over mannen, over het leven en de liefde, de hele dag door. Iedereen weet dat de man van Gina drinkt, dat de zoon van Alda met *La Piovra* flirt, dat Alessia een korte verhouding heeft gehad met de ex-man van Rhina, die haar dat nooit heeft vergeven.

Giulia is gesteld op het gezelschap van deze vrouwen, van wie sommigen haar al kenden toen ze nog een kind was. Ze is hier zowat geboren. Haar moeder vertelt graag dat ze door de weeën werd overvallen toen ze in de hoofdruimte lokken sorteerde – vanwege haar slechte zicht werkt ze niet meer en heeft ze haar plaats moeten afstaan aan een medewerkster met scherpere ogen. Giulia is hier opgegroeid, tussen het haar dat gesorteerd wordt, de lokken die gewassen worden, de bestellingen die verzonden moeten worden. Ze herinnert zich de schoolvakanties en de woensdagen die ze tussen de arbeidsters doorbracht terwijl ze hun handelingen observeerde. Ze keek graag naar hun handen, die bedrijvig waren als een leger mieren. Ze zag hoe ze het haar op de hekels gooiden, grote vierkante kammen, om het te verdelen en het dan te wassen in het op hoge schragen vastgezette bad – een ingenieus bouwwerk van haar vader, die niet graag zag dat zijn werkneemsters hun ruggen versleten. Giulia vond het leuk te kijken hoe ze de lokken voor het raam hingen om te laten drogen – het leek wel de buit van een indianenstam, een serie vreemd uitgestalde schedelhuiden.

Soms heeft ze de indruk dat de tijd hier stilstaat. Buiten vervolgt die zijn koers, maar binnen deze muren voelt ze zich veilig. Het is een prettig, geruststellend gevoel: de zekerheid dat de dingen op een vreemde manier blijvend zijn.

Al bijna een eeuw leeft haar familie van de *cascatura*, het eeuwenoude Siciliaanse gebruik om uitgevallen of afgeknipt haar te bewaren voor de vervaardiging van haarstukken en pruiken. Atelier Lanfredi, in 1926 opgericht door Giulia's overgrootvader, is het laatste van dit type dat in Palermo bestaat. Er werken zo'n tien gespecialiseerde arbeidsters die de lokken ontwarren, wassen en behandelen, waarna ze worden verzonden binnen Italië en door heel Europa. Op de dag dat Giulia zestien werd koos ze ervoor met school te stoppen om bij haar vader in het atelier te gaan werken. Volgens haar docenten, vooral die van Italiaans die haar aanspoorde om door te leren, was ze een getalenteerde leerling die naar de universiteit had gekund. Maar voor haar was het ondenkbaar om een andere weg in te slaan. Meer dan een traditie is haar voor de Lanfredi's een passie, die van generatie op generatie wordt doorgegeven. Vreemd genoeg toonden Giulia's zussen geen belangstelling voor het vak, en is zij de enige dochter van Lanfredi die het beoefent. Francesca is jong getrouwd en werkt niet; ze heeft nu vier kinderen. Adela, de jongste, zit nog op school en gaat de mode of het modellenwerk in – alles liever dan de weg van haar ouders inslaan.

Voor speciale bestellingen of weinig gangbare kleuren heeft papa een geheim: een formule die hij van zijn vader heeft geërfd, die hem weer van zíjn vader had geleerd, op basis van natuurlijke ingrediënten waarvan hij nooit de naam prijsgeeft. Die formule heeft hij aan Giulia doorgegeven. Hij neemt haar vaak mee het dak op, naar zijn *laboratorio*, zoals hij het noemt. Vandaar kun je de zee zien, en aan de andere kant de Monte Pellegrino. Gekleed in een witte jas waarin hij eruitziet als een scheikundeleraar laat Pietro grote ketels koken om de kleuren aan te passen: hij weet hoe hij het haar moet ontkleuren en daarna opnieuw verven, zonder dat de kleur door het wassen verdwijnt. Giulia kijkt urenlang naar hoe hij te werk gaat en volgt zijn kleinste gebaren. Haar vader draagt zorg voor zijn haar zoals mamma voor haar pasta. Hij roert erin met een houten lepel en laat het rusten voordat hij onvermoeibaar verdergaat. In de zorg die hij ervoor aan de dag legt zit geduld, precisie, liefde ook. Zijn lijfspreuk is dat dit haar op een dag wordt gedragen en daarom het grootste respect verdient. Giulia fantaseert soms over de vrouwen voor wie de pruiken bestemd zijn – mannen dragen hier niet snel een haarstuk: ze zijn te trots, te zeer gehecht aan een bepaald idee over hun mannelijkheid.

Om onverklaarbare reden reageren sommige haren niet op Lanfredi's geheime formule. De meeste komen na een dompelbad in de ketels melkwit tevoorschijn, zodat ze vervolgens geverfd kunnen worden, maar een enkele lok behoudt zijn originele kleur. Die weerbarstige exemplaren vormen een heus probleem: het is ondenkbaar dat een klant midden in een zorgvuldig gekleurde lok een paar recalcitrante zwarte of bruine haren vindt. Vanwege haar scherpe ogen is deze delicate taak voor Giulia weggelegd: zij moet de haren een voor een schiften en de weerbarstige exemplaren verwijderen. Dat is met recht een zoektocht naar een speld in een hooiberg, een secure klopjacht die ze elke dag zonder pauze volbrengt.

De stem van Paola haalt haar uit haar gemijmer. '*Mia cara*, je ziet er moe uit. Je hebt vast weer de hele nacht liggen lezen.'

Giulia ontkent het niet. Voor Paola kun je niks verbergen. De vrouw op leeftijd is de oudste arbeidster in het atelier. Iedereen noemt haar *nonna*. Ze heeft Giulia's vader nog als kind gekend; ze vertelt graag dat ze zijn veters strikte. Met haar vijfenzeventig jaar ziet ze alles van bovenaf. Haar handen zijn versleten, haar huid is gerimpeld als perkament, maar ze heeft nog steeds een schrandere blik. Op haar vijfentwintigste is ze weduwe geworden, ze heeft haar vier kinderen alleen opgevoed en haar hele leven geweigerd opnieuw te trouwen. Als je haar vraagt waarom, antwoordt ze dat ze erg op haar vrijheid is gesteld: 'Een getrouwde vrouw moet rekenschap afleggen,' zegt ze. 'Doe wat je wilt, mia cara, als je maar niet trouwt,' zegt ze steeds tegen Giulia. Ze vertelt graag over haar verloving, met de man die haar vader voor haar had uitgezocht. De familie van haar toekomstige echtgenoot had een citroenhandel. Nonna had ze moeten rapen, zelfs op de dag van haar huwelijk. Op het platteland hield het werk nooit op. Ze herinnert zich de citroengeur die eeuwig aan de kleren en handen van haar man kleefde. Toen hij een paar jaar later stierf aan een longontsteking en haar alleen achterliet met vier kinderen, moest ze naar de stad vertrekken om werk te vinden. Ze ontmoette Giulia's opa, die haar aannam in het atelier. Daar werkt ze nu alweer vijftig jaar.

'Een echtgenoot vind je niet in de boeken!' roept Alda uit.

'Val haar niet lastig,' wijst Nonna haar terecht.

Giulia is niet op zoek naar een echtgenoot. De cafés of discotheken die in trek zijn bij haar leeftijdgenoten bezoekt ze niet. 'Mijn dochter is een beetje schuchter,' zegt mamma meestal. Boven de herrie in een discotheek verkiest Giulia de serene stilte van de *biblioteca comunale*. Daar gaat ze elke dag in de lunchpauze naartoe. Als onverzadigbaar lezer houdt ze van de sfeer van de grote zalen vol wanden met boeken, die alleen verstoord wordt door het geritsel van bladzijden. Het heeft iets religieus, vindt ze: een meditatieve, bijna mystieke sfeer die ze prettig vindt. Als ze leest vergeet Giulia de tijd. Als kind, aan de voeten van de arbeidsters, verslond ze de boeken van Emilio Salgari. Later ontdekte ze poëzie. Ze houdt meer van Caproni dan van Ungaretti, leest graag het proza van Moravia en vooral de woorden van Pavese, haar lievelingsauteur. Aan zijn gezelschap zou ze een leven lang genoeg hebben, denkt ze bij zichzelf. Ze vergeet zelfs te eten. Het gebeurt regelmatig dat ze na haar lunchpauze met een lege maag terugkeert. Zo is het: Giulia verslindt boeken zoals anderen *cannoli*.

Als ze die middag het atelier weer binnenkomt, heerst er in de grote zaal een ongewone stilte. Als ze de ruimte betreedt draaien alle blikken Giulia's kant op.

'*Cara mia,*' zegt Nonna tegen haar met een stem die ze niet herkent, 'je moeder heeft net gebeld. Er is iets met papa gebeurd.'

Sarah

Montreal, Canada

De wekker gaat en het aftellen begint. Sarah voert een gevecht met de tijd, vanaf het moment dat ze opstaat tot het moment waarop ze gaat slapen. Zodra ze haar ogen opent, floepen haar hersenen aan als de processor van een computer.

Iedere ochtend wordt ze om vijf uur wakker. Geen tijd om langer te slapen, want iedere seconde telt. Haar dag is afgepast ingedeeld, zoals de schriftjes die ze aan het begin van het schooljaar voor de wiskundeles van de kinderen koopt. De tijd van onbezorgdheid ligt achter haar, de tijd van vóór het kantoor, het moederschap, de verantwoordelijkheden. Toen kon een telefoontje de koers van je dag veranderen: Zullen we vanavond...? Ga je mee naar...? Heb je zin om...? Nu is alles gepland, georganiseerd, van tevoren afgesproken. Geen spontane invallen: je rol is bekend en wordt dagelijks, wekelijks, maandelijks gespeeld, herhaald, het hele jaar door. Moeder, leidinggevende, zakenvrouw, *It-girl*, *wonder woman*, stuk voor stuk etiketten die vrouwentijdschriften op de vrouwen plakken op wie ze lijkt, als zware tassen om hun schouder.

Sarah staat op, neemt een douche, kleedt zich aan. Haar handelingen zijn efficiënt, doelgericht, georkestreerd als een militaire symfonie. Ze gaat naar beneden, de keuken in, dekt de ontbijttafel, steevast in dezelfde volgorde: melk / kommen / jus d'orange / chocolademelk / pancakes voor Hannah en Simon / muesli voor Ethan / sterke koffie voor zichzelf. Daarna maakt ze de kinderen wakker, eerst Hannah, dan de tweeling. Hun kleren heeft Ron de vorige dag al klaargelegd: ze hoeven alleen nog maar hun gezichten te wassen en zich aan te kleden terwijl Hannah de lunchboxen vult. Het gaat als een trein, even snel als Sarahs sedan door de straten van de stad rijdt voordat ze ze bij school afzet, Simon en Ethan bij de basisschool, Hannah bij het lyceum.

Na een kus, het 'Heb je alles', het 'Kleed je goed aan', het 'Succes met je wiskunde-examen', het 'Hou op met drukte schoppen achterin', het 'Jawel, je gaat wel naar gym' en ten slotte het traditionele 'Volgend weekend zijn jullie bij je vader' rijdt Sarah naar kantoor.

Om tien voor halfnegen precies parkeert ze haar auto in de garage, voor het bordje met haar naam erop: *Sarah Cohen, Johnson & Lockwood*. Dat plaatje, waar ze elke ochtend vol trots naar kijkt, staat voor meer dan alleen de plek voor haar auto; het is een titel, een rang, haar plaats in de wereld. Een prestatie, een levenswerk. Haar succes, haar territorium.

In de hal begroet de portier haar, daarna de receptioniste, steeds volgens hetzelfde ritueel. Hier wordt ze door iedereen gewaardeerd. Sarah stapt in de lift, drukt op de knop voor de achtste verdieping, loopt met vlugge pas de gangen door in de richting van haar kantoor. Het is nog niet druk: vaak is ze de eerste die binnenkomt én de laatste die vertrekt. Dat is de prijs die je betaalt voor een carrière, de prijs om Sarah Cohen te worden, volwaardig partner bij het prestigieuze advocatenkantoor Johnson & Lockwood, een van de meest gerenommeerde van de stad. Hoewel het merendeel van de medewerkers vrouw is, is Sarah de eerste die het in dit kantoor, dat bekendstaat om zijn machocultuur, tot partner wist te schoppen. De meeste van haar vriendinnen van de advocatenopleiding zijn niet door het glazen plafond heen gebroken. Sommigen zijn er zelfs mee opgehouden, van loopbaan veranderd, ondanks de lange, pittige studie die ze hebben gevolgd. Maar zij niet. Sarah Cohen niet. Het plafond, dat heeft ze vergruisd, doen barsten door massa's overuren, weekenden op kantoor, doorwaakte nachten om haar pleidooien voor te bereiden. Ze herinnert zich de eerste keer dat ze de grote marmeren hal betrad, tien jaar geleden. Dat was voor haar sollicitatiegesprek, waarbij ze acht mannen tegenover zich trof, onder wie Johnson in eigen persoon – de vennoot-oprichter, de *managing partner*, God zelf, die voor de gelegenheid zijn kantoor had verlaten en naar de vergaderzaal op de begane grond was gekomen. Hij zei geen woord, observeerde haar met een strenge blik, analyseerde iedere regel van haar cv zonder enig commentaar. Sarah was erdoor uit haar evenwicht gebracht, maar dat liet ze niet blijken: ze was een expert in doen alsof, een tak van sport die ze al lang beoefende. Toen ze het gebouw uit liep had ze zich vaag teleurgesteld gevoeld, want Johnson had geen enkele belangstelling voor haar getoond, geen enkele vraag gesteld. Als een pokerspeler had hij er het hele gesprek onbewogen bij gezeten, waarna hem een ernstig 'Tot ziens' was ontvallen dat weinig hoop liet doorschemeren voor de toekomst. Sarah wist dat er veel kandidaten voor de functie waren. Ze kwam van een ander kantoor – kleiner en minder prestigieus –, er was nog niets gewonnen. De anderen hadden vast meer ervaring, meer lef, meer geluk ook, misschien.

Later vernam ze dat Johnson haar zelf had gekozen, haar uit alle kandidaten had geselecteerd, tegen het advies van Gary Curst – ze zou eraan moeten wennen, maar Gary Curst mocht haar niet, of hij mocht haar te graag, misschien was hij jaloers, of begeerde hij haar, hoe dan ook, hij zou zich in alle omstandigheden vijandig gedragen, zonder aanleiding, onherroepelijk. Sarah kende ze, de ambitieuze mannen die een hekel hadden aan vrouwen, zich door hen bedreigd voelden, ze kwam ze tegen maar trok zich niet veel van hen aan. Ze stippelde haar weg uit en liet hen links liggen. Bij Johnson & Lockwood had ze met de snelheid van een paard in galop de treden beklommen, wat haar een solide reputatie bij het gerechtshof had opgeleverd. De rechtbank was haar arena, haar territorium, haar Colosseum. Als ze dat betrad werd ze een krijger, een strijder, onverzettelijk en meedogenloos. Als ze moest pleiten veranderde ze haar stem enigszins: hij werd ernstiger, plechtiger. Ze drukte zich uit in korte scherpe zinnen, krachtig als uppercuts. Ze sloeg haar tegenstanders KO, beet zich vast in de kleinste barst, de kleinste zwakke plek in hun argumentatie. Ze kende hun dossiers uit het hoofd. Ze liet zich niet van haar stuk brengen en leed nooit gezichtsverlies. Sinds ze als advocaat begonnen was, bij het kleine kantoor in de rue Winston waar ze na haar advocatendiploma was aangenomen, had ze de overgrote meerderheid van haar zaken gewonnen. Ze werd bewonderd en gevreesd. Ze was, op haar bijna-veertigste, een rolmodel voor advocaten van haar generatie.

Op kantoor deed het gerucht de ronde dat zij de volgende managing partner zou worden. Johnson was oud: er moest een opvolger komen. De plek werd door alle partners begeerd. Ze zagen zichzelf al zitten, als kalief op de plek van de kalief. Die baan was iets heiligs, een Everest in de wereld van de advocatuur. Sarah bezat alles om gekozen te worden: een voorbeeldige loopbaan, een feilloze wilskracht, een ongeëvenaarde werklust – een vorm van boulimia die haar in beweging hield. Ze was een sportieveling, een alpiniste die na elke top de volgende bestormde. Zo zag ze haar leven, als een lange beklimming, zich af en toe afvragend wat er zou gebeuren als ze het hoogste punt had bereikt. Ze wachtte op die dag zonder er werkelijk naar uit te kijken.

Natuurlijk had haar carrière offers geëist. Hij had haar vele slapeloze nachten en haar twee huwelijken gekost. Ook al beweerde Sarah vaak dat mannen niet graag in de schaduw van een vrouw staan, ze moest erkennen dat twee advocaten samen er één te veel was. In een tijdschrift – ze las bijna nooit bladen – had ze eens een wrange statistiek gezien over de levensduur van advocatenkoppels. Ze had het aan haar toenmalige echtgenoot laten lezen en ze hadden erom gelachen – maar een jaar later waren ze gescheiden.

In beslag genomen door haar werk op kantoor had Sarah talloze momenten met haar kinderen moeten missen. Het overslaan van schoolreisjes, fancy fairs aan het eind van het schooljaar, dansuitvoeringen, verjaarsvisites of vakanties ging haar meer aan het hart dan ze wilde toegeven. Ze wist dat al die momenten niet meer in te halen waren en die gedachte benauwde haar. Ze kende het schuldgevoel van een werkende moeder heel goed: het bekroop haar sinds de geboorte van Hannah, sinds de verschrikkelijke dag dat ze het kind, nog maar vijf dagen oud, in de armen van een oppas moest achterlaten vanwege een spoedzaak op het advocatenkantoor waar ze destijds werkte. Ze had snel begrepen dat er in het milieu waarin ze verkeerde geen plaats zou zijn voor het getreuzel van een moeder in tranen. Voordat ze naar haar werk ging bedekte ze haar rode huid met een dikke laag foundation. Ze voelde zich verscheurd, gevierendeeld, maar kon haar hart bij niemand luchten. Ze benijdde de luchtigheid van haar echtgenoot, die intrigerende luchtigheid van mannen bij wie dat gevoel merkwaardig genoeg afwezig leek. Ze liepen met onbeschaamd gemak hun eigen voordeur uit. Als ze 's morgens vertrokken namen ze alleen hun dossiers mee, terwijl zij overal de molensteen van haar schuldgevoel mee naartoe sleepte, zoals een schildpad zijn zware schild. In het begin probeerde ze tegen het gevoel te vechten, het te verwerpen, te ontkennen, maar dat was haar niet gelukt. Ze had het uiteindelijk een plek in haar leven gegeven. Schuldgevoel was haar oude vriendin, die overal opdook zonder te zijn uitgenodigd. Het was het billboard in een weiland, de wrat in een gezicht, ontsierend, nergens goed voor, maar het was nu eenmaal zo: het zat er. Ze moest het ermee doen.

Aan haar collega's en partners liet Sarah niets blijken. Ze had als regel dat ze nooit over haar kinderen sprak. Ze noemde hen niet, er stond geen foto van hen op haar werkkamer. Als ze het kantoor uit moest voor het spreekuur bij de kinderarts of een gesprek op school waar ze niet onderuit kon, zei ze liever dat ze een 'afspraak buiten de deur' had. Ze wist dat het beter overkwam om eerder weg te gaan voor een 'borrel' dan met oppasperikelen aan te komen zetten. Je kon beter liegen, een smoes oplepelen, iets voorwenden, dan toegeven dat je kinderen had, met andere woorden: ketens, banden, verplichtingen.

Die beperkten alleen maar je beschikbaarheid, de ontwikkeling van je carrière. Sarah herinnert zich nog een vrouw bij het advocatenkantoor waar ze vroeger werkte die net tot partner was uitgeroepen maar toen ze haar zwangerschap aankondigde in functie was teruggeplaatst, gedegradeerd tot de status van medewerkster. Het was een stille, onzichtbare vorm van geweld, maar hoe dan ook geweld, dat niemand aan de kaak stelde. Sarah had er een les voor zichzelf uit getrokken. Tijdens haar twee zwangerschappen had ze niets tegen haar superieuren gezegd. Wonderlijk genoeg was haar buik lang plat gebleven: tot ongeveer de zevende maand viel haar toestand nauwelijks op, zelfs bij haar tweeling, alsof haar kinderen diep in haar voelden dat ze maar beter niet de aandacht konden trekken. Dat was hun geheimpje, een soort zwijgend verbond tussen hen. Sarah had het kortst mogelijke verlof genomen: twee weken na de keizersnede verscheen ze weer op kantoor, met een voorbeeldig figuur, een wat bleke maar zorgvuldig bijgepoederde gelaatskleur en een stralende glimlach. 's Morgens maakte ze, voordat ze haar auto onder het kantoor parkeerde, een tussenstop op de parkeerplaats van de nabijgelegen supermarkt om de twee kinderzitjes van de achterbank te verwijderen en in de kofferbak te leggen, zodat niemand ze zag. Uiteraard wisten haar collega's dat ze kinderen had, maar ze deed haar best om hen daar nooit aan te herinneren. Een secretaresse mocht het over potjes groente en doorkomende tandjes hebben, een partner bij een advocatenbureau niet.

Sarah had zo een perfect ondoordringbare muur opgetrokken tussen haar professionele leven en haar gezinsleven; elk volgde zijn loop, als twee parallelle lijnen die elkaar niet raken. Het was een broze, gammele muur waar soms scheuren in kwamen, en die op een dag misschien zou instorten. Deed er niet toe. Ze stelde zich graag voor hoe trots haar kinderen zouden zijn op wat ze had opgebouwd en op wie ze was. Ze deed haar best om de hoeveelheid gemiste tijd met hen te compenseren door kwaliteit. Binnenshuis was Sarah een lieve, aandachtige moeder. Voor de rest was er Ron, 'Magic Ron', zoals de kinderen hem noemden. Hij moest lachen om die bijnaam, die bijna een titel was geworden.

Sarah had Ron bijna een jaar na de geboorte van de tweeling aangenomen. Het boterde niet met Linda, haar vorige oppas, die niet alleen voortdurend te laat kwam en niet echt van aanpakken wist, maar ook een grove fout had begaan waarna ze onmiddellijk op non-actief was gesteld: toen Sarah onaangekondigd thuiskwam om een dossier op te halen dat ze was vergeten, had ze Ethan, die toen negen maanden was, alleen in zijn bedje aangetroffen, in een verder leeg huis. Linda kwam een uur later met Simon terug van de markt, alsof het de normaalste zaak van de wereld was. Op heterdaad betrapt verdedigde ze zich door uit te leggen dat ze om de dag met de tweeling ging wandelen, om de beurt, omdat ze het te lastig vond om met beiden de deur uit te gaan. Sarah had haar meteen ontslagen. Ze maakte haar kantoorgenoten wijs dat ze ischias had en niet kon lopen, bleef thuis en had de dagen daarna talloze babysitters aangehoord, onder wie Ron. Verbaasd dat ze een man trof met interesse in deze functie had ze zijn reactie aanvankelijk terzijde geschoven – je leest zoveel vreselijke dingen in de krant... Bovendien hadden haar twee echtgenoten zich niet bepaald onderscheiden in de kunst van het luiers verschonen of flesjes geven; ze twijfelde dan ook of een man wel echt goed kon zijn in die taken. Toen dacht ze terug aan haar sollicitatiegesprek bij Johnson & Lockwood, aan wat ze had moeten bereiken, als vrouw, om in dat milieu een plek te verwerven. Uiteindelijk had ze haar standpunt bijgesteld. Ron verdiende een kans, net als de anderen. Hij had een keurig cv, goede referenties. Hij woonde niet ver uit de buurt. Hij voldeed duidelijk aan alle gestelde eisen. Sarah had hem een proeftijd van twee weken gegeven en in die periode bleek hij perfect: hij speelde uren met de kinderen, kookte goddelijk, deed de boodschappen, het huishouden, de was, en nam haar alles uit handen wat het dagelijks leven zo zwaar kan maken. De kinderen hadden hem geaccepteerd, zowel de tweeling als Hannah, die toen vijf was. Sarah was net gescheiden van haar tweede man, de vader van de jongens, en dacht dat een man in een eenoudergezin als het hare geen slecht idee zou zijn. Door een man aan te nemen zorgde ze er onbewust misschien ook voor dat niemand haar plek als moeder inpikte. Ron was dus Magic Ron geworden, onmisbaar in haar leven en in dat van de kinderen.

Als ze in de spiegel keek zag Sarah een vrouw van veertig die op alle fronten geslaagd was: ze had drie mooie kinderen, een goed onderhouden huis in een chique buurt, een carrière waar menigeen jaloers op was. Ze voldeed aan het plaatje van vrouwen in tijdschriften, stralend en volmaakt. Haar wond zag je niet: die was verborgen, bijna onzichtbaar onder haar perfecte make-up en haar mantelpakjes van bekende couturiers.

Maar hij zat er.

Zoals duizenden vrouwen door het hele land was Sarah Cohen innerlijk verscheurd. Ze was een bom die op springen stond.

Smita

Badlapur Village, Uttar Pradesh, India

'Kom op. Ga je wassen. Niet treuzelen.'

Het is vandaag. Ze moeten niet te laat komen.

Op de binnenplaats achter de hut helpt Smita Lalita met wassen. Het meisje laat het toe en sputtert zelfs niet tegen als het water in haar ogen loopt. Smita ontklit haar haar, dat tot haar middel reikt. Ze heeft het nog nooit geknipt. Dat is hier de traditie: vrouwen houden het haar dat ze als baby al hadden lang, soms wel hun hele leven. Ze verdeelt de bos in drie strengen die ze bedreven in een vlecht om elkaar draait. Daarna reikt ze haar de sari aan die ze nachtenlang voor haar heeft genaaid. De stof heeft ze van een vriendin gekregen. Ze heeft niet de middelen om het uniform te kopen dat scholieren hier dragen, maar dat doet er niet toe. Haar dochter zal mooi zijn voor haar eerste schooldag, dat staat vast.

Ze is voor dag en dauw opgestaan om haar maaltijd klaar te maken – er is geen kantine, dus moet ieder kind zijn eigen lunch meebrengen. Ze heeft rijst gekookt waaraan ze wat van de kerrie toevoegt die ze bewaart voor feestelijke gelegenheden. Ze hoopt dat Lalita op haar eerste schooldag met smaak zal eten. Je hebt energie nodig om te leren lezen en schrijven.

Ze heeft de maaltijd in een geïmproviseerde lunchbox gestopt – een zorgvuldig schoongemaakt blikken doosje dat ze zelf heeft gedecoreerd. Ze wil niet dat Lalita zich voor de anderen schaamt. Ze zal kunnen lezen, net als de rest. Net als de kinderen van de Jat.

'Doe wat poeder op. Zorg voor het altaar. Vlug.'

In de binnenruimte van de hut, die tegelijkertijd dienstdoet als keuken, slaapkamer en tempel, moet Lalita het kleine huisaltaar schoonmaken dat aan de goden is gewijd. Ze steekt een kaars aan en zet hem voor de religieuze portretjes. Na dat eerbetoon rinkelt zíj met het belletje. Samen zeggen Smita en haar dochter een gebed op aan Vishnoe, de god van het leven en de schepping, beschermer van alle mensen. In tijden van nood incarneert hij, om in de gedaantes van afwisselend een vis, een schildpad, een wild zwijn, een man-leeuw of zelfs een mens op aarde te verschijnen en de wereld te redden. Lalita gaat 's avonds na het eten graag bij het altaar zitten om naar haar moeder te luisteren wanneer zij over de tien avatara's van Vishnoe vertelt. Tijdens zijn eerste menselijke incarnatie verdedigde hij de kaste van de brahmanen tegen de kshatriya's en vulde hij vijf meren met hun bloed. Lalita huivert als dat verhaal ter sprake komt. Ze zorgt er op haar manier voor dat ze nog geen mier, nog niet het kleinste spinnetje vertrapt. Je weet maar nooit, Vishnoe is misschien wel heel dicht in de buurt, geïncarneerd als een van die ellendige beestjes... Een god op haar vingertop... Ze vindt het een grappig idee dat haar tegelijkertijd beangstigt. Nagarajan luistert 's avonds bij het altaar ook graag naar Smita. Zijn vrouw kan prachtig vertellen, hoewel ze niet eens kan lezen.

Vanochtend is er geen tijd voor verhalen. Nagarajan is zoals gewoonlijk vroeg vertrokken, bij zonsopgang. Hij is rattenvanger, net als zijn vader was. Hij werkt op het land van de Jat. Het is een oeroude traditie, een behendigheid die als erfenis wordt doorgegeven: de kunst van het rattenvangen met blote handen. De knaagdieren vreten de oogst aan en verzwakken de grond door gangen te graven. Nagarajan heeft geleerd om hun kleine, kenmerkende gaatjes in de aarde te herkennen. 'Je moet goed opletten,' zei zijn vader. 'En geduld hebben. Wees niet bang. In het begin word je gebeten. Maar je leert het wel.' Hij herinnert zich zijn eerste vangst nog, op zijn achtste, toen hij zijn hand in het gat stak. Er trok een hevige pijnscheut door zijn vlees, de rat beet in het tere gebied tussen duim en wijsvinger, waar de huid heel dun is. Nagarajan schreeuwde en trok zijn bebloede hand terug. Zijn vader moest lachen. 'Je doet het verkeerd. Je moet sneller reageren, je moet hem overvallen. Opnieuw.' Nagarajan was bang, hij hield zijn tranen in. 'Opnieuw!' Hij had het zes keer overgedaan en was zes keer gebeten voordat hij de reusachtige rat uit zijn schuilplaats tevoorschijn haalde. Zijn vader pakte het dier bij de staart, sloeg zijn kop kapot tegen een steen en gaf het beest weer aan zijn zoon. 'Zo,' was alles wat hij zei. Nagarajan pakte de dode rat aan zoals je een trofee ontvangt en nam hem mee naar huis.

Zijn moeder had eerst zijn hand verbonden. Daarna grilde ze de rat. Ze hadden hem bij het avondeten met elkaar opgepeuzeld.

Dalits als Nagarajan krijgen geen salaris, maar mogen houden wat ze vangen. Dat is een soort voorrecht: de ratten behoren toe aan de Jat, net als het land en alles wat zich daarop of daaronder bevindt.

Gegrild is het best lekker. Het lijkt op kip, zeggen sommigen. Het is de kip van de armen, die van de dalits. Het enige vlees dat ze tot hun beschikking hebben. Nagarajan vertelt dat zijn vader hele ratten at, met huid en haar, en alleen de staart liet liggen, die onverteerbaar was. Hij plantte het beest op een stokje, grilde het boven het vuur en hapte het dan in zijn geheel weg. Lalita lacht als hij dat verhaal vertelt. Smita haalt liever de huid eraf. 's Avonds eten ze de ratten van de dag met rijst, waarvan Smita het kookvocht bewaart dat ze vervolgens als jus serveert. Soms krijgt ze van de families waar ze de wc schoonmaakt ook kliekjes, die ze mee naar huis neemt en met de buren deelt.

'Je *bindi*. Vergeet hem niet.'

Lalita graait in haar spullen en haalt er een klein flesje lak uit, dat ze op een dag tijdens het spelen langs de weg vond – ze durfde niet tegen haar moeder te zeggen dat ze het had gepakt toen het uit de tas van een voorbijgangster viel. Het flesje was in de greppel gerold, waaruit het kind het had opgeraapt en ze had het omklemd als een geheime schat. Ze nam haar buit dezelfde avond mee naar huis en loog dat ze het had gevonden, vervuld van een gevoel van vreugde vermengd met schaamte. Als Vishnoe dit eens wist...

Smita pakt het flesje van haar dochter af en tekent een vermiljoenrode stip op haar voorhoofd. De cirkel moet volmaakt zijn. Die techniek luistert nauw en vergt enige oefening. Zachtjes klopt ze met haar vingertop op de lak, waarna ze die met poeder fixeert. De bindi, het 'derde oog' zoals het hier wordt genoemd, houdt de energie vast en verhoogt de concentratie. Dat zal Lalita vandaag nodig hebben, denkt haar moeder. Ze bestudeert het regelmatige rode stipje op het voorhoofd van het kind en glimlacht. Lalita is mooi. Ze heeft fijne trekken, zwarte ogen, haar mond heeft de vorm van een bloem. Ze is prachtig in haar groene sari. Smita is vol trots op haar schoolgaande dochter. Ze eet dan misschien rat, maar ze zal kunnen lezen, denkt ze bij zichzelf terwijl ze haar hand vastpakt en haar meeneemt naar de grote weg. Ze gaat haar helpen oversteken: vanaf de vroege ochtend rijden de vrachtwagens hier af en aan en ze gaan hard. Er zijn borden noch zebrapaden.

Onderweg kijkt Lalita ongerust naar haar moeder op: niet de vrachtwagens jagen haar angst aan, maar de nieuwe, onbekende wereld van haar ouders die ze in haar eentje zal moeten betreden. Smita voelt de smekende blik van het meisje. Het zou zo makkelijk zijn om terug te lopen, de rotan mand te pakken, haar mee te nemen... Maar nee, ze zal Lalita niet in de greppel zien overgeven. Haar dochter gaat naar school. Ze zal leren lezen, schrijven en rekenen.

'Doe je best. Braaf zijn. Luister goed naar de meester.'

Het meisje ziet er plotseling verloren uit, zo kwetsbaar dat Smita haar in haar armen zou willen nemen om haar nooit meer los te laten. Ze moet vechten tegen die impuls, zichzelf geweld aandoen. De onderwijzer had 'afgesproken' gezegd toen Nagarajan hem opzocht. Hij keek naar het kistje waarin Smita al hun spaargeld had gestopt – maandenlang zorgvuldig voor dit doel opzij gelegde munten. Hij nam het eruit en zei 'afgesproken'. Smita weet het, hier werkt alles zo. Geld is hier overtuigingskracht. Toen Nagarajan het goede nieuws aan zijn vrouw meldde, waren ze blij.

Ze steken de weg over en ineens is het daar: het moment dat ze aan de overkant de hand van haar dochter los moet laten. Smita zou zo graag zeggen: wees blij, je zult mijn leven niet krijgen, je zult gezond zijn, je zult niet hoesten zoals ik, je gaat erop vooruit, je krijgt een langer leven, je zult gerespecteerd worden. Die verdorven stank zal niet aan je kleven, die onuitwisbare, vervloekte lucht. Nee, je zult waardig zijn. Niemand zal etensresten naar je toe werpen als naar een hond. Je zult nooit meer je hoofd buigen of je ogen neerslaan. Dat alles zou Smita graag tegen haar zeggen. Maar ze weet niet hoe ze zich moet uitdrukken, hoe ze voor haar dochter haar hoop moet verwoorden, haar dwaze dromen, de vlinder die in haar buik klappert.

Dus buigt ze zich naar haar toe en zegt simpelweg: 'Ga nu maar.'

Giulia

Palermo, Sicilië

Giulia wordt met een schok wakker.

Ze heeft vannacht van haar vader gedroomd. Als kind vond ze het heerlijk om met hem mee te gaan op rondreis. Dan stapten ze 's morgens vroeg samen op zijn Vespa. Ze klom niet achter- maar voorop, op haar vaders schoot. Het meest hield ze van de wind in haar haar, die bedwelmende sensatie van oneindigheid en vrijheid die snelheid produceert. Ze was niet bang: haar vaders armen omsloten haar, er kon haar niets gebeuren. Ze schreeuwde bij de afdalingen, van opwinding en plezier. Ze zag de opkomende zon aan de Siciliaanse kust, de beginnende bedrijvigheid in de voorsteden, het leven dat ontwaakt en zich uitrekt.

Het leukst vond ze het om bij de mensen aan te bellen. 'Goeiedag, we komen voor de cascatura,' kondigde ze dan trots aan. De vrouwen gaven haar soms iets lekkers of een Mariaplaatje, terwijl ze haar hun zakjes met haar overhandigden. Giulia pakte de buit triomfantelijk aan en gaf hem aan haar vader. Die haalde de kleine gietijzeren weegschaal uit zijn tas die nog van zijn vader en zijn opa was geweest en die hij overal mee naartoe nam. Hij woog de lokken om de waarde ervan te bepalen en gaf de vrouw een paar munten. Vroeger werd haar tegen lucifers geruild, maar toen er aanstekers kwamen verdween dat ruilmiddel. Tegenwoordig werd er met contant geld betaald.

Haar vader haalde vaak lachend herinneringen op aan oude mensen die te slecht ter been waren om hun slaapkamer uit te komen en daarom een touw lieten zakken waaraan een mandje met hun haar hing. Hij stak zijn hand naar hen op, pakte de lokken en stopte het geld in het mandje, dat op dezelfde manier weer naar boven werd getakeld.

Dat herinnert Giulia zich: de lach van haar vader wanneer hij dat verhaal vertelt.

Vervolgens vervolgden ze hun tocht langs andere huizen. '*Arrivederci!*' Bij kappers was de buit aanzienlijk groter en Giulia hield van de uitdrukking op haar vaders gezicht wanneer hij een lange vlecht kreeg: die waren het zeldzaamst en het duurst. Hij woog hem, mat hem op, bevoelde de textuur en de dikte. Hij betaalde, bedankte en vertrok weer. Ze moesten tempo maken, want alleen al in Palermo telde Atelier Lanfredi honderd leveranciers. Als ze opschoten zouden ze voor de lunch terug zijn.

Nog even blijft het beeld hangen. De negenjarige Giulia op de Vespa.

De paar seconden die volgen zijn wazig, troebel, alsof de realiteit maar moeilijk scherp te stellen valt en hij zich vermengt met de droom die net voorbij is.

Het is dus waar. Papa heeft de vorige dag tijdens zijn rondreis een ongeluk gehad. Om onbekende reden is zijn Vespa van de weg geraakt. Toch kent hij die weg goed: hij heeft hem honderden keren genomen. Er is vast een dier overgestoken, zegt de brandweer, of hij is onwel geworden. Niemand weet het. Hij zweeft nu tussen leven en dood in het Francesco Saveriozie-kenhuis. De artsen weigeren een uitspraak te doen. We moeten ons op het ergste voorbereiden, hebben ze tegen mamma gezegd.

Het ergste kan Giulia zich niet voorstellen. Een vader gaat niet dood, een vader is eeuwig: het is een rots, een pijler, vooral die van haar. Pietro Lanfredi is een natuurkracht, hij gaat ons nog op een eeuwfeest trakteren, zegt zijn vriend dokter Signore altijd wanneer hij een glas grappa met hem drinkt. Hij, Pietro, de bon vivant, de grapjas, papa, de wijnliefhebber, de patriarch, de baas, het heethoofd met zijn temperament, hij, haar vader, haar geliefde vader mag niet weggaan. Niet nu. Niet zo.

Vandaag is het feest van de Heilige Rosalia. Wat een treurige ironie, denkt Giulia. De hele dag feesten de Palermitanen er lustig op los ter ere van hun patroonheilige. Het *Festinu* zal losbarsten, zoals elk jaar. Traditiegetrouw heeft haar vader de arbeidsters vrij gegeven, zodat ze kunnen meedoen aan de feestelijkheden – de processie door de Corso Vittorio Emanuele, daarna het vuurwerk op het Foro Italico, als het donker is.

Giulia's hoofd staat niet naar het feest. Terwijl ze probeert de vrolijkheid op straat te negeren, gaat ze op bezoek bij haar vader in het ziekenhuis, samen met haar moeder en haar zussen. In zijn ziekenhuisbed ziet papa er niet uit alsof hij lijdt – die gedachte troost haar een beetje. Maar zijn eens krachtige lichaam maakt vandaag zo'n broze indruk dat hij net een kind lijkt. Hij lijkt wel gekrompen, denkt ze bij zichzelf. Dat is misschien ook wat er gebeurt als de ziel vertrekt... Ze zet deze noodlottige gedachte onmiddellijk van zich af. Haar vader is er nog. Hij leeft. Daar moet ze zich aan vastklampen. Een hersenschudding, volgens de artsen. Een woord dat betekent: we weten het niet. Niemand kan zeggen of hij blijft leven of doodgaat. Hijzelf lijkt daar geen beslissing over te hebben genomen.

'We moeten bidden,' zegt mamma. Die ochtend vraagt ze aan Giulia en haar zussen of ze met haar meegaan naar de processie van de Heilige Rosalia. De Bloemenmaagd verricht wonderen, zegt ze, dat heeft ze in het verleden bewezen door de stad van de pest te verlossen, we moeten haar aanroepen. Giulia heeft het niet zo op dit soort betuigingen van devotie, en ook niet op massa's, want die vertrouwt ze niet. Bovendien gelooft ze niet in dit alles. Natuurlijk is ze gedoopt, heeft ze communie gedaan – ze herinnert zich die dag waarop ze in de traditionele witte jurk voor het eerst het sacrament van de eucharistie ontving, terwijl de voltallige familie vroom en nauwlettend toekeek. Die herinnering is een van de mooiste van haar leven. Maar vandaag heeft ze geen zin om te bidden. Vandaag wil ze bij papa blijven.

Haar moeder dringt aan. Als de artsen niets kunnen doen, kan alleen God hem redden. Ze lijkt er zo van overtuigd dat Giulia haar plotseling benijdt om haar kolenbrandersgeloof dat haar nooit heeft verlaten. Haar moeder is de vroomste vrouw die ze kent. Ze gaat iedere week naar de kerk voor een Latijnse mis waar ze weinig of niets van begrijpt. 'Je hoeft het niet te begrijpen om God te eren,' zegt ze telkens. Giulia gaat uiteindelijk overstag.

Samen sluiten ze aan bij de stoet bewonderaars van de Heilige Rosalia, tussen de kathedraal en de *Quattro Canti*. Daar verdringt zich een zee van mensen om een hulde te brengen aan de Bloemenmaagd, wier reusachtige standbeeld door de straten wordt gedragen. In deze julimaand is het warm in Palermo; de stad baadt in een drukkende hitte. Te midden van de stoet snakt Giulia naar adem. Het gonst in haar oren en haar zicht wordt troebel.

Giulia maakt er gebruik van dat haar moeder blijft staan om een buurvrouw die naar papa's toestand vraagt te begroeten – het nieuws gaat als een lopend vuurtje door de wijk – en stapt uit de optocht. Ze zoekt haar toevlucht in een schaduwrijk straatje en frist zich op met water uit een fonteintje. Ze kan weer ademen. Terwijl ze op krachten komt hoort ze verderop in de straat geschreeuw. Twee carabinieri in uniform houden bruut een man met een donkere huid staande. Hij is stevig gebouwd en draagt een zwarte tulband, die hij van de ordehandhavers af moet doen. De man protesteert in vlekkeloos Italiaans, hoewel er een buitenlands accent in doorklinkt. Hij is legaal, zegt hij terwijl hij zijn papieren laat zien, maar de agenten luisteren niet. Ze raken geïrriteerd, dreigen hem mee te nemen naar het bureau als hij blijft weigeren aan hun bevel gehoor te geven – er kan een wapen onder dat hoofddeksel zitten, beweren ze, op deze dag van het defilé kan er niets aan het toeval worden overgelaten. De man houdt voet bij stuk. Zijn tulband geeft aan dat hij zich zijn religie eigen heeft gemaakt, hij mag hem niet in het openbaar verwijderen. Bovendien staat het ding zijn identificatie niet in de weg, vervolgt hij, hij staat er ook mee op zijn identiteitskaart – een voorrecht dat door de Italiaanse regering aan de sikhs is toegekend. Giulia slaat het tafereel verbouwereerd gade. De man is knap. Atletisch gebouwd, een fijnbesneden gezicht, een donkere huid en opvallend lichte ogen. Hij is hooguit een jaar of dertig. De carabinieri gaan nog harder praten en een van hen begint hem te duwen. Dan pakken ze hem stevig vast en nemen hem onder dwang mee naar het politiebureau.

De onbekende man biedt geen verzet. Met een tegelijk waardige en berustende houding loopt hij langs Giulia, begeleid door de twee agenten. Een luttele seconde ontmoeten hun ogen elkaar. Giulia slaat haar blik niet neer – de vreemdeling ook niet. Ze blijft kijken tot hij om de hoek van de straat verdwenen is.

'Wat doe jij nou?!' Francesca komt van achteren aanlopen en laat haar schrikken. 'We zochten je overal! Kom mee! Vooruit!'

Met tegenzin volgt Giulia de route van de stoet weer, achter haar oudste zus aan.

Die avond valt ze maar moeilijk in slaap. Het beeld van de man met de donkere huid speelt door haar hoofd. Ze vraagt zich alsmaar af hoe het met hem is afgelopen, wat de politie met hem heeft gedaan. Hebben ze hem gepijnigd, geslagen? Naar zijn land teruggestuurd? Haar gedachten ontaarden in zinloze speculaties. Eén vraag kwelt haar nog het meest: had ze moeten ingrijpen? Wat had ze dan kunnen doen? Ze voelt zich schuldig over haar passiviteit. Ze weet niet waarom het lot van de onbekende man haar zo bezighoudt. Er ging een vreemd gevoel door haar heen toen hij haar aankeek – een gevoel dat ze niet kent. Is het nieuwsgierigheid? Medeleven?

Of het moet iets anders zijn, iets wat ze niet kan benoemen.

Sarah

Montreal, Canada

Sarah is net gevallen. In de rechtszaal, midden in een pleidooi. Eerst haperde ze, naar adem snakkend, terwijl ze om zich heen keek alsof ze plotseling niet meer wist waar ze was. Ze probeerde de draad van haar argumentatie weer op te pakken, ondanks haar grauwe tint en trillende handen, die op zichzelf al verrieden dat ze zich beroerd voelde. Daarna werd haar zicht troebel, haar gezichtsveld wazig, werd ze kortademig. Haar hartslag vertraagde en het bloed trok weg uit haar gezicht zoals een rivier zich terugtrekt uit haar bedding. Sarah stortte in als de Twin Towers van het World Trade Center, waarvan men dacht dat ze onwankelbaar waren. Haar val voltrok zich in stilte. Ze protesteerde niet, riep niet om hulp. Ze zakte geluidloos in elkaar, als een kaartenhuis, bijna gracieus.

Als ze haar ogen weer opent, zit er een man over haar heen gebogen, gekleed in het tenue van de brandweer. 'U bent onwel geworden, mevrouw. We brengen u naar het ziekenhuis.'

De man zei *mevrouw*. Sarah komt net weer bij haar positieven, maar dat detail is haar niet ontgaan. Ze haat het als ze mevrouw wordt genoemd, dat woord voelt als een klap in haar gezicht. Op kantoor weet iedereen het: je noemt haar meester of Sarah, maar nooit mevrouw. Twee keer getrouwd, twee keer gescheiden: dat heft elkaar op. En Sarah verafschuwt dat woord dat zoveel zegt als *u bent niet jong meer. U hoort nu bij de volgende levensfase.* Ze haat enquêtes waarbij je moet aankruisen tot welke leeftijdsgroep je behoort. De begeerlijke categorie van 30-39 jaar heeft ze moeten inruilen voor de minder aantrekkelijke van 40-49. Sarah zag niet aankomen dat ze veertig werd. En toch is ze wel degelijk achtendertig geweest, en ook negenendertig, maar veertig: nee, daar was ze echt niet op voorbereid. Ze had niet gedacht dat het zo snel zover zou zijn. *Niemand is jong na zijn veertigste.* Ze herinnert zich die zin van Coco Chanel uit een tijdschrift dat ze direct weer had dichtgeslagen. Ze had niet de tijd genomen om ook het vervolg te lezen: *Maar je kunt op elke leeftijd onweerstaanbaar zijn.*

'Sarah.' Ze verbetert hem meteen, terwijl ze overeind komt. Ze probeert te gaan staan, maar de brandweerman houdt haar met een zacht maar dwingend gebaar tegen. Ze protesteert, verwijst naar de zaak waarvoor ze aan het pleiten was. Een dringende, hoogst belangrijke kwestie – zoals altijd. 'U heeft door uw val een snijwond opgelopen. U moet worden gehecht.'

Naast haar staat Inès, de collega die zij heeft aangenomen en die haar bij haar zaken assisteert. De jonge vrouw laat haar weten dat de zitting is opgeschort. Ze heeft zojuist het kantoor gebeld om haar andere afspraken te verzetten. Zoals gewoonlijk is Inès proactief, efficiënt, in één woord: perfect. Ze lijkt bezorgd om Sarah, stelt voor haar naar het ziekenhuis te vergezellen, maar Sarah stuurt haar liever terug naar kantoor. Daar kan ze zich nuttig maken met het voorbereiden van de dagvaarding voor morgen.

Terwijl ze zit te wachten bij de eerste hulp, bedenkt Sarah

dat het academisch ziekenhuis van Montreal, het *Chum*, ondanks zijn charmante naam die in het Frans 'liefje' betekent en dus associaties opwekt met de liefde, niets aantrekkelijks heeft. Na een tijd staat ze op en vertrekt. Ze is echt niet van plan twee uur te wachten op drie hechtingen in haar voorhoofd. Een pleister is wel genoeg: ze moet weer aan het werk. Een arts komt haar achterna en zorgt ervoor dat ze weer gaat zitten. Ze moet op een onderzoek wachten. Sarah sputtert tegen, maar heeft geen andere keus dan te gehoorzamen.

De coassistent die haar uiteindelijk onderzoekt heeft lange dunne handen. Hij lijkt geconcentreerd. Hij stelt haar talloze vragen, die Sarah laconiek beantwoordt. Ze ziet het belang van dit alles niet. Het gaat prima, blijft ze zeggen, maar de coassistent gaat door met zijn onderzoek. Met tegenzin, als een verdachte uit wie een bekentenis wordt getrokken, geeft ze het ten slotte toe: ja, ze is op het ogenblik moe. Hoe kan het anders met drie kinderen, een huishouden, een koelkast die gevuld moet en ook nog een fulltimebaan?

Sarah zegt niet dat ze sinds een maand uitgeblust opstaat. Dat ze elke avond als ze thuiskomt, nadat ze Rons verslag over de dag van de kinderen heeft aangehoord, met hen heeft gegeten, de tweeling in bed heeft gelegd en Hannah haar huiswerk heeft overhoord, op de bank neerploft en in slaap valt zonder de afstandsbediening te hebben aangeraakt van het reusachtige scherm dat ze onlangs heeft gekocht maar waar ze nooit naar kijkt.

Ze rept ook niet over de pijn in haar linkerborst die ze sinds een tijdje voelt. Dat is heus niks... Ze heeft geen zin om erover te praten, niet hier, niet nu, met die onbekende man in zijn witte jas die haar koeltjes opneemt. Het komt nu even niet uit.

Toch lijkt de coassistent bezorgd: haar bloeddruk is laag en bovendien ziet ze lijkbleek. Sarah bagatelliseert, doet alsof, speelt mooi weer: daar is ze goed in. Dat is tenslotte een vak. Iedereen op kantoor kent dit grapje: *Hoe weet je wanneer een advocaat liegt? Als zijn lippen bewegen.* Ze heeft de meest door de wol geverfde rechters getrotseerd, een jonge coassistent krijgt haar nu echt niet klein. Gewoon een beetje oververmoeid, niet meer en niet minder. Een burn-out? Die term wuift ze met een glimlach weg. Een uitgeholde modekreet, een erg groot woord voor een plotselinge dip. Ze heeft niet genoeg gegeten vanochtend, of niet genoeg geslapen... Niet genoeg geneukt, zou ze er met humor aan willen toevoegen, maar het ernstige gezicht van de coassistent weerhoudt haar van iedere toenaderingspoging. Dat is jammer, hij is bijna knap te noemen met zijn brilletje en zijn krullen, bijna haar type... Ja, als hij dat wil gaat ze vitamines slikken. Lachend begint ze over een cocktail die een boost geeft en waarvan ze het geheim kent: koffie, cognac en cocaïne. Zeer doeltreffend, hij zou het eens moeten proberen.

De coassistent is niet in de stemming voor grapjes. Hij raadt haar aan goed uit te rusten, een tijdje vrij te nemen. *Even pas op de plaats maken* is de term die hij gebruikt. Sarah schiet in de lach. Je kunt dus arts zijn en humor hebben... Pas op de plaats maken? Hoe dan? Door je kinderen te verkopen op eBay? Door te verkondigen dat er vanaf vanavond niet meer wordt gegeten? Door je cliënten mee te delen dat je in staking bent gegaan? Ze behandelt zaken waarbij veel op het spel staat en die ze niet kan overdragen. Stoppen is geen optie. Vrij nemen, ze weet niet eens meer wat dat betekent; ze herinnert zich haar laatste vakantie nauwelijks – vorig jaar, of was het het jaar daarvoor? De coassistent spreekt een holle frase uit die ze het liefst negeert: *niemand is onvervangbaar.* Hij heeft overduidelijk geen idee wat het betekent om partner te zijn bij Johnson & Lockwood. Geen idee wat het betekent om in de schoenen te staan van Sarah Cohen.

Ze wil weg. De coassistent probeert haar tegen te houden voor nog meer onderzoeken, maar ze smeert 'm.

Ze is niet het type dat dingen tot de volgende dag uitstelt. Op school was ze een goede leerling, *een ijverige leerling*, zeiden haar docenten. Ze had er een hekel aan om het werk op het laatste moment te doen, ze *nam graag een voorsprong*, zoals ze het zelf noemde. Ze had de gewoonte om de eerste uren van het weekend of de vakantie aan haar huiswerk te besteden, dan voelde ze zich daarna vrijer. Op kantoor ligt ze ook altijd voor op de anderen. Dat maakte het haar mogelijk zo snel carrière te maken. Ze laat niets aan het toeval over. Ze an-ti-ci-peert.

Maar nu noppes. Nu niet.

Het komt nu even niet uit.

Dus keert Sarah terug in de wereld, naar haar afspraken, haar *conference calls*, haar lijstjes, haar dossiers, haar pleidooien, haar vergaderingen, haar aantekeningen, haar rapporten, haar zakenlunches, haar dagvaardingen, haar kort gedingen, haar drie kinderen. Ze gaat als een brave soldaat terug naar het front, zet het vertrouwde masker weer op dat haar zo goed past: dat van de stralende vrouw die in alles succesvol is. Het is niet beschadigd, zelfs niet gespleten. Als ze op kantoor arriveert, zal ze Inès en haar collega's geruststellen: het was niets. En alles zal op de oude voet verdergaan.

In de weken die volgen zal er dat bezoek aan de specialist zijn. Ja, ik voel iets, zal die zeggen terwijl ze Sarah onderzoekt, waarna haar gezicht zal betrekken. Ze zal haar een serie onderzoeken voorschrijven met krankzinnige namen, waar je al bang van wordt als je ze uitspreekt: mammografie, MRI, scanner, biopsie. Onderzoeken die op zich al haast een diagnose zijn. Een veroordeling.

Maar voorlopig *komt het even niet uit*. Sarah verlaat het ziekenhuis, tegen het advies van de coassistent in.

Voorlopig gaat alles goed.

Zolang je het er niet over hebt bestaat het niet.

De ruimte is niet groter dan een slaapkamer
Er past hooguit een bed in.
En dat zou dan nog een kinderbed zijn.
Daar werk ik, alleen
Dag na dag, in stilte.

Natuurlijk bestaan er machines, maar het resultaat is dan grover.
Hier geen lopendebandwerk.
Elk model is een prototype.
En elk daarvan maakt me trots.

Met de tijd zijn mijn handen bijna onafhankelijk
geworden van de rest van mijn lichaam.
Als je de beweging beheerst,
komt de snelheid met de jaren.

Ik werk al zo lang,
Over dit ambacht gebogen
dat mijn ogen erdoor zijn versleten.
Mijn lichaam is moe,
verstijfd door de reumatiek.
En toch,
Zijn mijn vingers niets van hun behendigheid verloren.

Soms ontsnapt mijn geest uit dit atelier,
En voert hij me mee
Naar verre gebieden,
Naar onbekende levens,
Waarvan de stemmen me bereiken
Als een ijle echo,
En ze zich vermengen met de mijne.

Smita

Badlapur Village, Uttar Pradesh, India

Als ze de hut binnengaat, ziet Smita direct de uitdrukking op het gezicht van haar dochter. Ze heeft zich gehaast om haar ronde af te maken en is niet langs de buurvrouw gegaan om de restjes van de Jat te delen, zoals ze gewoonlijk doet. Ze is naar de put gerend om water te halen, heeft haar rotan mand neergezet en zich op de binnenplaats gewassen – één emmer, niet meer, want er moet wat overblijven voor Lalita en Nagarajan. Iedere avond voordat ze haar huis binnenstapt schrobt Smita haar lichaam drie keer met zeep. Ze weigert de walgelijke stank mee naar binnen te nemen; ze wil niet dat haar man en haar dochter haar met die smerige lucht in verband brengen. Zij is die stank niet, de stank van andermans stront, ze wil meer zijn dan dat. Dus schrobt ze zo hard als ze kan haar handen, haar voeten, haar lichaam, haar gezicht. Ze schrobt tot ze haar huid openhaalt, achter het stuk stof dat dient als windscherm, achter op de binnenplaats, aan de rand van Badlapur Village, in een uithoek van Uttar Pradesh.

Smita droogt zich af en trekt schone kleren aan voordat ze de hut binnengaat. Lalita zit in een hoekje, haar knieën opgetrokken tegen haar borst. Ze kijkt strak voor zich uit naar de vloer. Ze trekt een gezicht dat haar moeder niet van haar kent: een vreemdsoortige mengeling van woede en verdriet. 'Wat is er met je?'

Het kind geeft geen antwoord. Ze laat haar opeengeklemde kaken niet verslappen.

'Vertel. Praat eens. Zeg nou wat!'

Lalita blijft zwijgen, haar blik op oneindig, alsof ze naar een denkbeeldig punt staart dat alleen zij kan zien, een ontoegankelijke plek ver weg van de hut, ver van het dorp, waar niemand haar kan bereiken, zelfs haar moeder niet. Smita raakt geïrriteerd.

'Zeg nou wat!'

Het kind krimpt ineen, keert in zichzelf zoals een geschrokken slak zich terugtrekt in zijn huisje. Het zou makkelijk zijn om haar door elkaar te schudden, te schreeuwen, haar te dwingen te praten. Maar Smita kent haar dochter: op die manier krijgt ze niets uit haar. De vlinder in haar buik is veranderd in een krab. Een gevoel van angst grijpt haar bij de keel. Wat zou er gebeurd zijn op school? Ze kent die wereld niet en toch heeft ze haar dochter, haar schat, ernaartoe gestuurd. Heeft ze daar verkeerd aan gedaan? Wat hebben ze haar aangedaan?

Ze kijkt naar het kind: op haar rug lijkt de sari te zijn gescheurd. Een winkelhaak, ja, het is een winkelhaak!

'Wat heb je gedaan? Je bent helemaal vies! Waar heb je uitgehangen?!'

Smita pakt de hand van haar dochter en trekt haar naar zich toe, weg van de muur: de nieuwe sari waar ze uren aan heeft genaaid, nachtenlang, haar slaap opofferend zodat hij op tijd klaar zou zijn, de sari waar ze zo trots op is, is gescheurd, beschadigd, besmeurd!

'Je hebt hem gescheurd! Kijk nou!'

Smita begint te schreeuwen van woede, maar dan verstrakt ze opeens. Een afgrijselijk vermoeden dringt zich aan haar op. Ze sleept Lalita mee naar de binnenplaats, het daglicht in – de hut is donker en laat bijna geen licht binnen. Ze begint haar uit te kleden en trekt met een ferm gebaar haar sari uit. Lalita biedt geen verzet, de stof glijdt gemakkelijk van haar af, want het kledingstuk is iets te groot. Smita begint te trillen als ze de rug van het kind ziet: die is bedekt met rode striemen. Sporen van slagen. De huid is op sommige plaatsen open, gebarsten. Vermiljoenrood, net als haar bindi.

'Wie heeft dat gedaan?! Zeg op! Wie heeft je geslagen?!'

Het kleine meisje slaat haar ogen neer en geeft twee woorden prijs. Twee maar.

'De meester.'

Smita's gezicht kleurt paars. De ader in haar hals zwelt op als gevolg van haar woede – Lalita vindt dat naar voren springende adertje afschuwelijk, ze is er bang van, haar moeder is anders altijd zo rustig. Smita grijpt het kind vast en schudt haar door elkaar. Haar blote lijfje zwiept als een twijg.

'Waarom? Wat heb je gedaan?! Heb je niet gehoorzaamd?!'

Ze explodeert: haar dochter ongehoorzaam, op de eerste schooldag! Nu wil de meester vast niet dat ze nog terugkomt. Al haar hoop is vervlogen, al haar moeite verspild! Ze weet wat dat betekent: terug naar de latrines, naar de modder, naar andermans stront. Naar die mand, die vervloekte mand waar ze haar nog zo voor wilde behoeden... Smita is nooit agressief geweest, ze heeft nooit iemand geslagen, maar nu voelt ze een vlaag van oncontroleerbare woede opkomen. Dat is een nieuwe sensatie die haar volledig overmeestert, een golf die de dijk van haar verstand overspoelt en onder water zet. Ze begint te slaan. Lalita duikt ineen onder de klappen, ze beschermt haar gezicht met haar handen, zo goed als ze kan.

Nagarajan is op weg terug naar huis van het land als hij geschreeuw hoort op de binnenplaats. Hij snelt eropaf. Hij grijpt in en komt tussenbeide. 'Hou op! Smita!' Het lukt hem om haar opzij te duwen en hij neemt Lalita in zijn armen. Ze schokt van het huilen. Hij ziet de striemen op haar rug, haar gegeselde huid. Hij drukt het kind tegen zich aan.

'Ze is ongehoorzaam geweest tegen de brahmaan,' brult Smita. Nagarajan draait zijn hoofd naar zijn dochter toe, die hij nog steeds in zijn armen houdt.

'Is dat waar?'

Na een korte stilte spreekt Lalita deze zin uit, die voor beiden een klap in het gezicht is: 'Ik moest de klas van hem vegen.'

Smita verstijft. Lalita zei het heel zacht, ze twijfelt of ze het wel goed gehoord heeft. Ze laat het haar nog een keer zeggen. 'Wat zei je?!'

'Hij wilde dat ik ging vegen waar de anderen bij waren. Ik heb nee gezegd.'

Omdat ze opnieuw klappen vreest duikt het kind in elkaar. Ze wordt plotseling kleiner, alsof de angst haar doet krimpen. Smita krijgt geen lucht meer. Ze trekt het meisje naar zich toe, drukt haar zo stevig in haar armen als haar tengere ledematen toelaten en begint te huilen. Lalita verbergt haar gezicht in haar moeders hals, als teken van ontspanning en verzoening. Zo blijven ze lang staan, onder de ontredderde blik van Nagarajan. Het is voor het eerst dat hij zijn vrouw ziet huilen. Onder de beproevingen die het leven hun oplegt is ze nooit bezweken. Ze gaf nooit op, ze is een sterke, wilskrachtige vrouw.

Maar vandaag niet. In omhelzing met haar verwonde, vernederde dochtertje wordt ze net als zij weer kind en huilt ze om haar beschaamde verwachtingen, om het leven waarvan ze zo vaak heeft gedroomd maar dat ze haar niet kan bieden, want altijd zullen er Jat en brahmanen zijn die hen eraan herinneren wie ze zijn en wat hun plaats is.

’s Avonds, nadat ze Lalita gesust en in bed gelegd heeft, laat Smita haar woede de vrije loop. Waarom heeft hij dit gedaan, die meester, de brahmaan? Hij had toch toegezegd om Lalita in de klas op te nemen, tussen de kinderen van de Jat? Hij heeft hun geld aangenomen en ‘Afgesproken!’ tegen hen gezegd. Smita kent deze man en ook zijn familie: zijn huis staat midden in het dorp. Ze maakt elke dag zijn latrines schoon en zijn vrouw geeft haar soms rijst. Waarom dan?!

Plotseling denkt ze aan de vijf meren die Vishnoe vulde met het bloed van de kshatriya’s toen hij de kaste van de brahmanen verdedigde. Dat zijn de geletterden, de priesters, de verlichten, die boven alle andere kasten staan, aan de top van de mensheid. Waarom Lalita als doelwit nemen? Haar dochter is voor hen geen gevaar, ze vormt geen bedreiging voor hun kennis of hun positie, dus waarom moest ze door het slijk worden gehaald? Waarom leert hij haar niet lezen en schrijven, zoals de andere kinderen?

De klas vegen, dat betekent: *jij hebt niet het recht om hier te zijn.* Je bent een dalit, een scavenger, en dat zul je blijven. Dat is je lot. Je zult sterven in de stront, net zoals je moeder en je grootmoeder. Net zoals je kinderen, je kleinkinderen en al hun nakomelingen. Er zal voor jullie paria’s, uitschot van de mensheid, niets anders zijn, niets dan deze walgelijke stank, tot in de eeuwen der eeuwen, niets dan andermans stront, de stront van de hele wereld om op te rapen.

Lalita had niet met zich laten sollen. Ze had nee gezegd. Als ze daaraan denkt, is Smita trots op haar dochter. Dit kind van zes, nauwelijks groter dan een krukje, keek de brahmaan in zijn ogen en zei nee. Hij pakte haar beet, sloeg haar met zijn rotan stok, midden in de klas, voor de ogen van de anderen. Lalita huilde niet, schreeuwde niet, ze maakte geen enkel geluid. Aan het begin van de lunchpauze pakte de brahmaan haar haar maaltijd af, hij nam het blikken doosje af dat Smita haar had meegegeven. Het was haar niet eens toegestaan te gaan zitten, ze mocht alleen toekijken hoe de anderen aten. Ze protesteerde niet, bedelde niet. Ze bleef staan, als enige. Waardig. Ja, Smita is trots op haar dochter: ze eet dan misschien rat, maar ze heeft meer kracht dan al die brahmanen en Jat bij elkaar. Ze hebben haar niet kleingekregen, niet gebroken. Ze hebben haar een flink pak slaag gegeven, gegroefd met littekens, maar hier is ze. Zichzelf gebleven. Onaangetast.

Nagarajan is het niet met zijn vrouw eens: Lalita had moeten zwichten, tenslotte is de ruimte vegen zo erg niet: de bezemstok doet minder pijn dan een klap met een rotan stok... Smita ontploft. 'Hoe kun je dat nou zeggen?! De school is er om iets te leren, niet om als slaaf behandeld te worden.' Ze gaat met hem praten, met de brahmaan. Ze weet waar hij woont, ze kent de geheime deur aan de achterkant van zijn huis: die passeert ze iedere dag met haar mand om zijn slijk op te ruimen... Nagarajan houdt haar tegen: ze schiet er niets mee op als ze de confrontatie met de brahmaan aangaat. Hij is machtiger dan zij. Iedereen is machtiger dan zij. Lalita moet zich bij het getreiter neerleggen als ze terug wil naar school. Alleen tegen die prijs zal ze leren lezen en schrijven. Zo werkt het in hun wereld; je treedt niet ongestraft buiten je kaste. Alles heeft hier een prijs.

Smita staart haar man trillend van woede aan: ze laat haar kind niet de zondebok worden van de brahmaan. Hoe verzint hij het? Hoe durft hij zich dat überhaupt in zijn hoofd te halen?! Hij zou het voor haar moeten opnemen, in opstand moeten komen, tegen de hele wereld ten strijde moeten trekken voor zijn dochter – is dat niet wat een vader behoort te doen? Smita zou nog liever doodgaan dan dat ze haar terug naar school stuurt: Lalita zal daar geen voet meer binnen zetten. Ze vervloekt deze maatschappij die de zwakken, de vrouwen, de kinderen te gronde richt. Degenen die ze juist zou moeten beschermen.

'Goed dan,' antwoordt Nagarajan. 'Lalita gaat er niet meer heen.' Morgen neemt Smita haar mee op haar ronde. Ze leert haar het beroep van haar moeder en grootmoeder. Ze geeft haar mand aan haar door. Dat doen de vrouwen in haar familie tenslotte al eeuwen. Het is haar darma. Smita had het bij het verkeerde eind toen ze een ander leven voor haar mogelijk achtte. Ze wilde van het gebaande pad afwijken, van de uitgestippelde route, en de brahmaan heeft haar er met een flink aantal klappen met de rotan stok weer naar teruggeleid. De discussie is ten einde.

Die avond bidt Smita voor het aan Vishnoe gewijde huisaltaar. Ze weet dat ze de slaap niet zal kunnen vatten. Ze denkt terug aan de vijf meren vol bloed en vraagt zich af hoeveel meren er met hun bloed, dat van de paria's, gevuld zullen moeten worden om hen van dit oeroude juk te bevrijden. Er zijn er duizenden zoals zij: lijdzame massa's die wachten op de dood. In een volgend leven zal alles beter zijn, zei haar moeder, tenzij de helse reïncarnatiecyclus ophoudt. Het nirvana, de ultieme bestemming, was waarop ze hoopte. Sterven vlak bij de Ganges, de heilige rivier, was haar droom. Er wordt gezegd dat de helse cyclus van het leven daarna ten einde komt. Niet meer herboren worden, opgaan in het absolute, de kosmos: dat was het hoogste doel. Die kans is niet iedereen gegeven, zei ze. Sommigen zijn ertoe veroordeeld verder te leven. De loop der dingen moet als een goddelijke straf worden aanvaard. Zo is het: de eeuwigheid moet je verdienen.

Terwijl ze wachten op de eeuwigheid buigen de dalits hun rug.

Maar Smita niet. Vandaag niet.

Voor zichzelf heeft ze dit lot als een wrede beschikking aanvaard. Maar haar dochter zullen ze niet krijgen. Dat neemt ze zich voor, voor het altaar gewijd aan Vishnoe, in de donkere hut waar haar man al ligt te slapen. Nee, Lalita zullen ze niet krijgen. Haar verzet is geruisloos, onhoorbaar, bijna onzichtbaar.

Maar het is er.

Giulia

Palermo, Sicilië

Hij lijkt Doornroosje wel, denkt Giulia terwijl ze naar haar vader kijkt.

Al acht dagen ligt hij nu in dit ziekenhuisbed met de witte lakens. Zijn toestand is stabiel. Zo slapend ziet hij er vredig uit, als een bruid die erop wacht wakker te worden gekust. Giulia denkt aan het sprookje dat hij haar toen ze klein was 's avonds voorlas. Hij zette een lage stem op om de boze fee te vertolken – zij die het noodlot afroept. Ze had het verhaal wel duizend keer gehoord, maar was altijd weer gerustgesteld als de prinses ten slotte wakker werd. Ze vond dat prachtig, haar vaders stem die door het familiehuis galmde als het donker was.

Die stem zwijgt.

Er is nu niets dan stilte om papa heen.

Het werk in het atelier moest doorgaan. De arbeidsters hebben Giulia allemaal hun steun betuigd. Gina heeft cassata voor haar gemaakt, wat ze zo lekker vindt. Agnese heeft chocolaatjes gekocht voor mamma. Nonna stelde voor om haar af te lossen bij het bed van papa. Alessia, wier broer kanunnik is, heeft hem laten bidden tot de Heilige Catharina. Er is een kleine gemeenschap rond Giulia ontstaan die weigert zich te laten meeslepen door het verdriet. Voor hen wil de jonge vrouw positief blijven, precies zoals haar vader dat altijd was. Hij zal uit zijn coma ontwaken, daar is ze van overtuigd. Hij zal zijn plek hier weer innemen. Dit is maar een onderbreking, zegt ze tegen zichzelf, een klein oponthoud.

Iedere avond gaat ze na sluiting van het atelier aan zijn hoofdeinde zitten. Ze heeft er een gewoonte van gemaakt hem voor te lezen – volgens de artsen horen comapatiënten wat er om hen heen wordt gezegd. Daarom leest Giulia hardop, urenlang: poëzie, proza, romans. Ik moet nu hém verhalen voorlezen, denkt ze bij zichzelf. Dat heeft hij zo vaak voor mij gedaan. Van waar hij nu is hoort haar papa haar. Dat weet ze.

Die dag gaat ze in de lunchpauze naar de bibliotheek om boeken te lenen voor dat doel. Terwijl ze de leeszaal binnenloopt, waar het muisstil is, gebeurt er iets opmerkelijks. Ze ziet hem niet meteen, hij gaat schuil achter de kasten. Maar plotseling ziet ze hem.

Daar is hij.

De tulband.

De man met de tulband van laatst, op straat, op de dag van de Heilige Rosalia.

Giulia is verbijsterd. De man staat met zijn rug naar haar toe – ze kan zijn gezicht niet zien. Hij neemt een ander gangpad. Geïntrigeerd volgt ze hem. Als hij een boek uit de kast pakt, ziet ze eindelijk zijn profiel – hij is het echt: de man die door de carabinieri staande werd gehouden... Hij lijkt naar iets op zoek dat hij niet kan vinden. Van haar stuk gebracht door het toeval blijft Giulia hem een tijdje observeren. Hij heeft haar niet in de gaten.

Uiteindelijk komt ze dichterbij. Ze weet niet hoe ze hem moet aanspreken – ze is niet gewend het met mannen aan te leggen. Meestal nemen zij het initiatief. Giulia is mooi, dat is haar al vaak gezegd. Ondanks haar jongensachtige voorkomen straalt ze een mengeling van onschuld en sensualiteit uit die de mannelijke soort niet onberoerd laat. *Als de meisjes passeren, gluren de heren*, dat weet ze maar al te goed. De Italianen blinken erin uit: mooie woorden, mooie praatjes – ze weet waartoe dat leidt. Toch maakt zich een onvoorziene durf van haar meester. '*Buongiorno*.'

De man draait zich verbaasd om. Hij lijkt haar niet te herkennen. In verlegenheid gebracht laat Giulia een stilte vallen. 'Ik zag u laatst, op straat tijdens het defilé. Toen de politie...'

Plotseling is ze gegeneerd en ze maakt haar zin niet af. Wat als het oprakelen van het voorval hem nu eens in verlegenheid brengt? Ze heeft al spijt van haar stoutmoedigheid. Ze kan wel door de grond zakken. Had ze hem maar nooit aangesproken. Maar de man knikt. Hij herkent haar nu.

Giulia begint weer: 'Ik was bang... dat ze u hadden opgesloten.'

Hij glimlacht met een mengeling van mildheid en pret – wie is toch dat vreemde meisje dat zich om hem lijkt te bekommeren?

'Ze hebben me die middag vastgehouden. Maar daarna hebben ze me laten gaan.'

Giulia neemt zijn gezicht in zich op. Ondanks zijn donkere huid heeft hij opvallend lichte ogen; die ziet ze nu heel duidelijk. Ze zijn van een blauw dat naar groen neigt – of andersom. Een intrigerende mengeling. 'Misschien kan ik u helpen,' waagt ze. 'Ik weet waar alles hier staat. Zoekt u iets speciaals?'

De man legt uit dat hij graag een Italiaans boek wil – iets wat niet te ingewikkeld is, voegt hij eraan toe. Hij spreekt de taal wel vloeiend, maar lezen kost hem nog moeite. Hij wil vooruitgang boeken. Giulia knikt begrijpend. Ze neemt hem mee naar de afdeling Italiaanse literatuur. Ze twijfelt – de hedendaagse schrijvers lijken haar niet zo toegankelijk. Uiteindelijk raadt ze hem een boek van Salgari aan dat ze als kind las: *I figli dell' Aria*, haar favoriet. De man pakt het aan en bedankt haar. Elke andere man hier zou proberen haar staande te houden, een gesprek aanknopen. Hij zou de kans aangrijpen om een versierpoging te doen. Maar deze man niet. Hij groet haar alleen en loopt weg.

Wanneer ze hem de bibliotheek uit ziet lopen, met het boek in zijn handen dat hij net heeft geleend, stemt dat haar treurig. Ze neemt het zichzelf kwalijk dat ze hem niet achterna durft te gaan. Dat soort dingen doe je hier niet: je loopt een man die je net hebt ontmoet niet na. Maar waarom is ze zo'n jonge vrouw die het leven aan zich voorbij ziet gaan zonder dat ze durft in te grijpen? Ze vervloekt haar gebrek aan moed en passiviteit.

Natuurlijk heeft ze wel vriendjes gehad, flirts, wat avontuurtjes. Er waren kussen, stiekeme strelingen. Giulia liet het toe, deed niet meer dan de belangstelling beantwoorden die men voor haar aan de dag legde. Ze heeft nooit moeite gedaan om in de smaak te vallen.

Ze wandelt terug naar het atelier terwijl ze denkt aan de onbekende man, aan die tulband waarmee hij er zo anders uitziet, als uit een andere tijd. Aan zijn haar dat hij moet verbergen. Aan zijn lichaam ook, onder het gekreukte overhemd. Bij die gedachte bloost ze.

Vervuld van de stiekeme hoop hem terug te zien gaat ze de volgende dag weer. Ze heeft helemaal geen boeken nodig: de boeken die ze papa voorleest zijn nog niet uit. Ze verstart als ze de leeszaal binnenloopt: de man is er. Op dezelfde plek als de vorige dag. Hij kijkt op alsof hij haar al verwachtte. Op dat moment heeft Giulia het gevoel dat haar hart uit haar borstkas bonst.

Hij komt naar haar toe; zo dicht dat ze zijn warme, zoetige adem kan ruiken. Hij wilde haar bedanken voor het boek dat ze hem heeft aangeraden. Hij wist niet wat hij haar moest geven, dus heeft hij een klein flesje olijfolie voor haar meegenomen, van de coöperatie waar hij werkt. Giulia staart hem aan, ze is geraakt; er zit een mix van zachtheid en waardigheid in hem die haar diep treft. Het is de eerste keer dat een man haar zo van haar stuk brengt.

Overrompeld neemt ze het flesje aan. Hij vermeldt erbij dat hij de olijven zelf heeft geperst, en ook geplukt. Als hij aanstalten maakt om weg te gaan, trekt Giulia de stoute schoenen aan. Met rode wangen stelt ze hem voor om een stukje op de pier te gaan lopen... De zee is vlakbij, de hemel helder...

De vreemde laat een stilte vallen, en stemt dan toe.

Kamaljit Singh – dat is zijn naam – is geen prater. Dat is een detail dat Giulia verbaast; hier zijn mannen spraakzaam, praten ze de hele dag. Het is de rol van de vrouw om naar hen te luisteren. Zoals haar moeder haar heeft uitgelegd moet je de man laten schitteren. Kamal is anders. Hij geeft zich niet makkelijk bloot. Toch wil hij Giulia zijn verhaal wel vertellen.

Als sikh verliet hij Kasjmir op twintigjarige leeftijd, op de vlucht voor het geweld tegen de zijnen in dat gebied. Sinds de gebeurtenissen van 1984, toen het Indiase leger de eisen van de onafhankelijkheidsstrijders bloedig de kop indrukte en de gelovigen afslachtte in de Gouden Tempel, zijn ze hun leven niet veilig. In een ijskoude nacht arriveerde Kamal op Sicilië, zonder zijn ouders – velen kiezen ervoor hun kinderen naar het Westen te sturen zodra ze meerderjarig zijn. Hij werd verwelkomd door de grote sikhgemeenschap op het eiland. Italië is het tweede land in Europa dat hen toelaat, na Engeland, legt hij uit. Hij ging aan het werk via de *caporalato*, die werkgevers aan goedkope arbeidskrachten helpt. Hij vertelt hoe de *caporale* illegalen rekruteert en ze naar hun werkplek vervoert. Om de reiskosten, het flesje water en de karige *panino* te dekken die ze van hem krijgen roomt hij een percentage van hun salaris af, soms wel de helft. Kamal herinnert zich dat hij voor één of twee euro per uur werkte. Hij heeft alles geplukt wat de aarde hier voortbrengt: citroenen, olijven, kerstomaten, sinaasappels, artisjokken, courgettes, amandelen... Over de arbeidsvoorwaarden kan niet onderhandeld worden. Je neemt wat de caporale te bieden heeft: het is graag of helemaal niet.

Zijn geduld werd uiteindelijk beloond: na drie jaar in de illegaliteit te hebben geleefd kreeg Kamal de vluchtelingenstatus en een permanente verblijfsvergunning. Hij ging in de nachtdienst werken bij een coöperatie die olijfolie produceert. Dat werk vindt hij leuk. Hij vertelt hoe hij met een soort hark de olijftakken kamt om de vruchten te rapen zonder ze te beschadigen. Hij houdt van het gezelschap van die soms oeroude bomen. Hij zegt gefascineerd te zijn door hun lange levensduur. De olijf is edel voedsel, besluit hij met een glimlach, een symbool voor vrede.

Dat het systeem hem heeft gelegaliseerd betekent niet dat het land hem heeft opgenomen. De Siciliaanse maatschappij houdt haar immigranten op afstand: de twee werelden raken elkaar zonder echt contact. Kamal geeft toe dat hij naar zijn land terugverlangt. Als hij het erover heeft wordt hij door een waas van verdriet omhuld, als een wijde jas die om hem heen wappert.

Die dag komt Giulia twee uur te laat terug op het atelier. Om Nonna, die zich zorgen had gemaakt, gerust te stellen smoest ze dat ze een lekke fietsband had.

De waarheid laat ze niet los: niet haar tweewieler maar haar ziel ligt overhoop.

Sarah

Montreal, Canada

De bom is gebarsten. Hij is net geëxplodeerd, in de spreekkamer van die wat onbeholpen arts die niet weet hoe hij het nieuws moet meedelen. Hij heeft dan wel jaren praktijkervaring op zijn conto, maar ja, dit went nooit. Te veel medeleven met zijn patiëntes misschien, al die jonge en minder jonge vrouwen wier leven binnen een paar minuten kantelt wanneer een gevreesd woord valt.

BRCA2. Dat zal Sarah daarna vernemen: de naam van het muterende gen. De doem van Ashkenazivrouwen. Alsof het nog niet genoeg was, zal ze denken. Ze hebben de pogroms gehad, de Shoah. Waarom zij en de haren, opnieuw? Ze zal het zwart-op-wit zien staan, in een medisch artikel: Joodse Ashkenazivrouwen hebben een kans van één op veertig om borstkanker te ontwikkelen, tegen één op de vijfhonderd van de totale wereldbevolking. Het is een wetenschappelijk vastgesteld feit. Er bestaan risicofactoren: een geval van kanker in de familie, zwangerschap van een tweeling... Alle tekenen waren aanwezig, zal Sarah denken. Zichtbaar, overduidelijk. Ze heeft ze niet gezien. Of ze heeft ze niet *willen* zien.

De arts tegenover haar heeft zwarte, borstelige wenkbrauwen. Sarah blijft ernaar kijken. Het is vreemd: deze man die ze niet kent praat tegen haar over de tumor op haar röntgenfoto's, zo groot als een mandarijn, licht hij toe, en toch lukt het haar niet om zich te concentreren op wat hij zegt. Ze heeft het gevoel dat dat het enige is wat ze registreert: die donkere, harige wenkbrauwen die doen denken aan een gebied waar wilde beesten leven. Er steken ook haren uit zijn oren. Maanden later, als Sarah terugdenkt aan deze dag, zal die herinnering het eerst bij haar opkomen: de wenkbrauwen van de arts die haar meedeelde dat ze kanker had.

Natuurlijk spreekt hij het woord niet uit. Het is een woord dat niemand in de mond neemt, een woord waarnaar je moet gissen achter de bedekte termen, het medische jargon waarmee ze wordt overspoeld. Je zou bijna denken dat het een scheldwoord is. Een verdoemd woord. Een taboe. Toch gaat het daarover.

Zo groot als een mandarijn, zei hij. Het zit er. Het zit er echt. Toch heeft Sarah er alles aan gedaan om dit vonnis uit te stellen, door de stekende pijn niet te onderkennen, de extreme vermoeidheid. Ze verjoeg de gedachte telkens als die de kop opstak, telkens als ze die had kunnen – moeten? – uitspreken, maar vandaag moet ze het onder ogen zien. Het zit er, het bestaat.

Een mandarijn: dat is gigantisch en bespottelijk tegelijk, denkt Sarah. Ze kan het niet laten te denken dat de ziekte haar te grazen heeft genomen op een moment dat ze het totaal niet zag aankomen. De tumor is kwaadaardig, geniepig, hij is stiekem zijn gang gegaan. Heimelijk bereidde hij de aanval voor.

Sarah hoort de arts aan, kijkt naar zijn bewegende lippen, maar zijn woorden lijken haar niet te raken, alsof ze die waarneemt door een wattige laag, alsof ze haar eigenlijk niet aangaan. Om een naaste zou ze bezorgd zijn, radeloos, kapot. Vreemd genoeg is ze dat voor zichzelf allerminst. Ze luistert naar de arts zonder hem te geloven, alsof hij het over iemand anders heeft, over een volslagen vreemde.

Aan het eind van het gesprek informeert hij of ze nog vragen heeft. Sarah schudt het hoofd en glimlacht. Haar glimlach waar ze goed in is en die ze in alle omstandigheden tevoorschijn tovert. De glimlach die wil zeggen: *maakt u zich geen zorgen, het zal wel gaan*. Dat is komedie natuurlijk, een masker waarachter ze haar verdriet, haar twijfels en haar angsten opstapelt – een rommeltje van heb-ik-jou-daar. Aan de buitenkant zie je niets. Sarahs glimlach is effen, bekoorlijk, perfect.

Ze vraagt niet aan de dokter wat haar vooruitzichten zijn, ze weigert haar toekomst te reduceren tot een statistiek. Er zijn er die het willen weten, maar zij niet. Ze laat de cijfers niet binnendringen in haar bewustzijn, in haar verbeelding; ze zouden maar kunnen gaan woekeren, net als de tumor zelf, en haar gemoedstoestand ontwrichten. Haar vertrouwen en haar genezing ondermijnen.

In de taxi die haar terugbrengt naar kantoor maakt ze de balans op van de situatie. Ze is een strijdster. Ze gaat knokken. Sarah gaat deze zaak behandelen zoals alle andere. Zij die nooit (of bijna nooit) een zaak verliest, zal zich niet bang laten maken door een mandarijn, hoe kwaadaardig die ook is. In de zaak 'Sarah Cohen versus M.', want dat is vanaf nu de codenaam, zullen er aanvallen en tegenaanvallen zijn. Waarschijnlijk ook stoten onder de gordel. De tegenpartij zal zich niet zo makkelijk gewonnen geven, dat weet Sarah, een mandarijn is een loeder, zonder twijfel de meest uitgekookte opponent waar ze het ooit tegen heeft opgenomen. Het betreft een procedure van de lange adem; het zal een krachtmeting worden, een opeenvolging van momenten van hoop, twijfel en ogenblikken waarop ze zich misschien verslagen voelt. Ze zal moeten volhouden, tot elke prijs. Dit soort gevechten win je met uithoudingsvermogen, dat weet Sarah.

Zoals ze een dossier zou bestuderen schetst ze in grote lijnen haar strategie om de ziekte te lijf te gaan. Ze gaat er niets over zeggen. Tegen niemand. Op kantoor mag niemand iets weten. Het nieuws zou inslaan als een bom bij het team en – erger nog – bij de cliënten. Het zou hen misschien alleen maar nodeloos ongerust maken. Sarah is een van de fundamenten van het kantoor, een van de pijlers, dus moet ze sterk blijven om het bouwwerk niet in elkaar te laten zakken. En bovendien heeft ze geen trek in andermans medeleven, of medelijden. Natuurlijk is ze ziek, maar dat hoeft niet te betekenen dat haar leven verandert. Ze zal heel planmatig moeten zijn om geen argwaan te wekken, geheime codes in haar agenda moeten bedenken voor haar afspraken in het ziekenhuis, redenen verzinnen die haar afwezigheid verklaren. Ze zal vindingrijk moeten zijn, strak georganiseerd, creatief. Als de heldin van een spionageroman gaat Sarah een heimelijke oorlog voeren. Een beetje zoals je een buitenechtelijke relatie verborgen houdt gaat ze ervoor zorgen dat haar ziekte onbekend blijft. Dat kan ze goed: haar leven in stukken opdelen. Ze heeft jaren ervaring. Ze gaat verder met het bouwen van haar muur: nog hoger, steeds hoger. Tenslotte is het haar gelukt om haar zwangerschappen te verbergen, dus dan zal het haar ook lukken haar kanker verborgen te houden. Het zal haar geheime kind zijn, haar onwettige zoon van wie niemand het bestaan mag vermoeden. Onuitspreekbaar en onzichtbaar.

Terug op kantoor pakt Sarah de normale gang van zaken weer op. Steels let ze op de reacties van haar collega's, hun blik, de klank van hun stem. Ze constateert opgelucht dat niemand iets in de gaten heeft. Nee, het woord kanker staat niet op haar voorhoofd gegrift. Niemand ziet dat ze ziek is.

Vanbinnen is ze in gruzelementen, maar dat weet niemand.

Smita

Badlapur Village, Uttar Pradesh, India

Vertrekken.

Die gedachte dringt zich aan Smita op als een bevel uit de hemel. Ze moeten weg uit het dorp.

Lalita gaat niet terug naar school. De meester heeft haar geslagen nadat ze had geweigerd om onder het oog van haar klasgenootjes de klas te vegen. Later worden deze kinderen pachters wier latrines ze zal moeten legen. Daar komt niets van in. Dat laat Smita niet gebeuren. Ze heeft ooit deze zin van Gandhi gehoord uit de mond van een arts die ze had ontmoet op een consultatiebureau in het aangrenzende dorp: *Menselijke uitwerpselen mogen door niemand met blote handen worden aangeraakt.* Naar het schijnt had de Mahatma de status van onaanraakbare onwettig verklaard, in strijd met de Grondwet en de mensenrechten, maar sindsdien is er niets veranderd. De meeste dalits accepteren hun lot zonder te protesteren. Anderen bekeren zich tot het boeddhisme om te ontsnappen aan het kastenstelsel, in navolging van Babasaheb, de spirituele meester van de dalits. Smita heeft verhalen gehoord over grote gezamenlijke ceremonies waarbij duizenden mensen van geloof veranderen. Er zijn zelfs antibekeringswetten uitgevaardigd, in een poging die bewegingen die de macht van het gezag verzwakken in te dammen – bekeerlingen moeten tegenwoordig toestemming krijgen, op straffe van rechtsvervolging, een detail dat niet gespeend is van sarcasme: het is net zoiets als je cipier toestemming vragen om te ontsnappen.

Smita kan zich niet tot die keuze zetten. Ze is te zeer gehecht aan die goden die haar ouders ook al vereerden. Bovenal gelooft ze in de bescherming van Vishnoe: tot hem richt ze haar gebeden, 's morgens en 's avonds, al haar leven lang. Aan hem vertrouwt ze haar dromen toe, haar twijfel en haar hoop. Hem verlaten zou een lijdensweg voor haar zijn, de afwezigheid van Vishnoe zou een leegte in haar achterlaten die onmogelijk op te vullen zou zijn. Ze zou zich nog meer een wees voelen dan bij de dood van haar ouders. Daarentegen is ze nauwelijks gehecht aan dit dorp waar ze is opgegroeid. Deze bevuilde grond die ze dag in dag uit moet schoonmaken heeft haar niets gegeven, niets dan die uitgemergelde ratten die Nagarajan 's avonds als trieste buit meebrengt.

Vertrekken, deze plek verlaten. Dat is de enige uitweg.

Die ochtend maakt ze Nagarajan wakker. Hij heeft diep geslapen terwijl zij de slaap niet kon vatten. Ze benijdt de ongestoorde slaap van haar man: 's nachts is hij een meer waarvan het oppervlak door geen enkele beroering wordt gerimpeld, terwijl zij zelf uren ligt te woelen. Het duister verlost haar niet van haar gepieker maar kaatst het juist terug, wat zorgt voor een vreselijke nagalm. In het donker lijkt alles haar dramatisch en definitief. Ze bidt er vaak voor dat hij ophoudt, die maalstroom van kwellende gedachten. Soms ligt ze hele nachten wakker. Mannen zijn anders met slaap, denkt ze. Mannen zijn in niets hetzelfde.

Nagarajan wordt grommend wakker. Smita trekt hem zijn bed uit. Ze heeft nagedacht: ze moeten weg uit het dorp. Dit leven dat hun alles heeft afgenomen zal hun niets brengen. Voor Lalita is het nog niet te laat, haar leven begint net. Ze heeft alles, als het haar tenminste niet wordt afgenomen. Daar zal Smita voor zorgen.

Mijn vrouw raaskalt, denkt Nagarajan, ze heeft weer eens een woelige nacht gehad. Smita houdt vol: ze moeten naar de stad. Er wordt gezegd dat er daar op scholen en universiteiten speciale plekken voor dalits zijn. Plekken voor mensen zoals zij. Daar zou Lalita haar kans krijgen. Nagarajan schudt zijn hoofd. De stad is een illusie, een flutdroom. De dalits hebben er geen dak boven hun hoofd, ze drommen samen op de stoep of in de krottenwijken die aan de rand van de bebouwde kom woekeren, als blaren op een voet. Hier hebben ze tenminste een dak boven hun hoofd en te eten. Smita springt uit haar vel: ze eten rat en ruimen stront op. Daar zullen ze werk vinden, en waardigheid. Ze is er klaar voor om de uitdaging aan te gaan. Ze heeft lef, ze kan tegen een stootje, ze zal alles aannemen wat ze krijgt aangeboden, alles liever dan het leven hier. Ze smeekt hem. Voor haar. Voor hen. Voor Lalita.

Nagarajan is nu klaarwakker. Is ze helemaal gek geworden?! Denkt ze dat ze zomaar over zijn leven kan beschikken? Dan herinnert hij haar aan een vreselijk verhaal dat het dorp onlangs in beroering bracht. De dochter van een van hun buren, een dalit zoals zij, had besloten te vertrekken om in de stad te gaan studeren. De Jat pakten haar tijdens haar vlucht over het platteland. Ze namen haar mee naar een afgelegen akker en verkrachtten haar met z'n achten, twee dagen lang. Toen ze terugkwam bij haar ouders kon ze bijna niet meer lopen. Haar ouders deden aangifte bij de Panchayat, de dorpsraad die hier het gezag voert. Natuurlijk is die in handen van de Jat. Er maakt geen enkele vrouw deel van uit en ook geen dalit, hoewel dat toch had gemoeten. Elk besluit van de raad heeft rechtsgeldigheid, zelfs als het in strijd is met de Indiase grondwet. Deze officieuze rechtspraak wordt nooit ter discussie gesteld. De raad bood de familie wat bankbiljetten als schadevergoeding, in ruil voor het intrekken van de aanklacht, maar de jonge vrouw weigerde dit schaamgeld. Haar vader probeerde haar te steunen, maar hij zwichtte uiteindelijk onder de druk van de gemeenschap en pleegde zelfmoord, zijn gezin zonder bestaansmiddelen achterlatend en zijn vrouw veroordelend tot de afschuwelijke status van weduwe. Zij en haar kinderen zijn uit het dorp verstoten, gedwongen hun huis te verlaten. Ze zijn geëindigd in de meest armzalige omstandigheden, langs de weg in een greppel.

Dat verhaal kent Smita. Ze hoeft er niet aan herinnerd te worden. Ze weet dat slachtoffers van verkrachting in haar land als schuldigen worden beschouwd. Er bestaat geen respect voor vrouwen, al helemaal niet als ze paria's zijn. Die wezens die niet mogen worden aangeraakt, die je zelfs niet aan mag kijken, worden evengoed wel schaamteloos verkracht. Een man met schulden straf je door zijn vrouw te verkrachten. Iemand die met een getrouwde vrouw vrijt straf je door zijn zussen te verkrachten. Verkrachting is een krachtig wapen, een massavernietigingswapen. Sommigen hebben het over een epidemie. Een recent besluit van een dorpsraad was hier vlakbij het onderwerp van gesprek: twee jonge vrouwen trof het lot dat ze publiekelijk werden uitgekleed en verkracht, om te boeten voor de misdaad van hun broer die ervandoor was gegaan met een getrouwde vrouw van een hogere kaste. Hun vonnis werd voltrokken.

Nagarajan probeert Smita tot rede te brengen: vluchten betekent vragen om verschrikkelijke vergelding. Ze zullen zich ook op Lalita richten. Het leven van een kind is niet meer waard dan het hare. Ze zullen beiden worden verkracht en aan een boom worden opgehangen, net als vorige maand de twee jonge dalits uit een naburig dorp. Smita heeft al gehoord om hoeveel vrouwen het gaat en het getal deed haar rillen: jaarlijks worden er in het land twee miljoen vermoord. Twee miljoen slachtoffers van de barbaarsheid van mannen, vermoord in algehele onverschilligheid. Het kan de hele wereld niks schelen. De wereld heeft hen in de steek gelaten.

Wie denkt zij dan dat ze is tegenover dat geweld, tegenover die stortvloed van haat? Denkt ze daaraan te kunnen ontsnappen? Denkt ze dat ze sterker is dan de rest?

Deze angstaanjagende argumenten zijn niet sterker dan Smita's koppigheid. Ze zullen 's nachts vertrekken. Ze zal hun vertrek in het geheim voorbereiden. Ze zullen Varanasi bereiken, de heilige stad honderd kilometer verderop. Vandaar nemen ze een trein om India te doorkruisen tot aan Madras: daar wonen neven van haar moeder die hen kunnen helpen. De stad ligt aan zee en ze zeggen dat een man een vissersgemeenschap heeft gesticht voor de scavengers, de mensen zoals zij. Er bestaan ook scholen voor dalitkinderen. Lalita zal leren lezen en schrijven. Ze zullen werk vinden. Ze zullen geen rat meer hoeven te eten.

Nagarajan neemt Smita aandachtig op en is vol ongeloof: van welk geld gaan ze de reis betalen?! Treintickets kosten meer dan al hun bezittingen bij elkaar. Ze hebben hun karige spaargeld aan de brahmaan gegeven om Lalita naar school te sturen, ze hebben niets meer over. Smita dempt haar stem: ze is doodop van de slapeloze nachten, maar vreemd genoeg lijkt ze nu sterker dan ooit, in de donkere hut. Ze moeten het geld weer terughalen. Ze weet waar het ligt. Ze heeft de vrouw van de brahmaan een keer hun spaargeld zien opbergen in de keuken, toen ze bij hen naar binnen ging om hun latrines te legen. Ze komt er elke dag, er is maar een moment voor nodig om... Nagarajan ontploft: welke *asura** heeft er toch bezit van haar genomen?!? Haar verschrikkelijke plan jaagt hen de dood in, haar en het hele gezin! Liever wil hij zijn leven lang ratten vangen en hondsdolheid oplopen dan haar volgen in haar krankzinnige project! Als Smita gepakt wordt gaan ze er allemaal aan, en op de meest vreselijke manier. Dat gevaarlijke spel is te veel gevraagd. Er is in Madras geen hoop voor hen, niet meer dan elders. Hoop is er niet in dit leven, maar in het volgende. Als ze zich goed gedragen, zal de reïncarnatiecyclus hun misschien gunstig gezind zijn – stiekem droomt Nagarajan ervan als rat te reïncarneren. Niet de onooglijke, uitgehongerde ratten waarop hij met blote handen jacht maakt op de akkers en die hij 's avonds grilt, maar de heilige ratten van de tempel in Deshnok, vlak bij de Pakistaanse grens, waar zijn vader hem als kind een keer mee naartoe heeft genomen. Er lopen twintigduizend zwarte ratten in de tempel. Omdat ze worden beschouwd als goden worden ze door de bevolking beschermd en gevoed met melk. De priester heeft als taak om toezicht op ze te houden; overal vandaan komen mensen offerandes brengen. Nagarajan herinnert zich het verhaal over de

* Duivels wezen uit de Indiase mythologie.

godin Karminata dat zijn vader hem heeft verteld: ze had een kind verloren en smeekte erom het terug te krijgen, maar het was geïncarneerd als rat. De tempel was gebouwd als eerbetoon aan die verloren zoon. Door alsmaar zijn dagen op de akkers te slijten op jacht naar die knaagdieren had Nagarajan uiteindelijk respect voor ze gekregen. Ze waren vertrouwd voor hem geworden, een beetje zoals een handhaver van het recht respect krijgt voor de crimineel die hij zijn hele leven vervolgt. Uiteindelijk, beseft hij, zijn die beesten net als wij: ze hebben honger en proberen te overleven. Ja, het zou fijn zijn om te reïncarneren als rat in de tempel van Deshnok en zijn hele leven melk te drinken. Dat idee stelt hem soms gerust na een dag hard werken, het helpt hem de slaap te vinden. Het is een vreemd slaapliedje, maar wat doet het ertoe, het is het zijne.

Smita heeft helemaal geen zin om een volgend leven af te wachten. Ze wil dit leven: hier, nu, voor haar en Lalita. Ze brengt de dalitvrouw ter sprake die tot de staatstop is doorgedrongen, Mayawati Kumari, tegenwoordig de rijkste vrouw van het land. Een paria die het tot gouverneur heeft geschopt! Er wordt gezegd dat ze zich per helikopter verplaatst. Zíj heeft niet gekropen, ze heeft niet gewacht tot de dood haar van dit leven verloste, ze heeft strijd geleverd, voor zichzelf en voor hen allemaal. Nagarajan windt zich alleen nog maar meer op. Smita weet heel goed dat er niks is veranderd: die vrouw die zich omhoog heeft gewerkt en zich voor de zaak van de dalits heeft ingezet heeft niets meer met hen te maken. Ze heeft hen in de steek gelaten. Ze zit hoog en droog, terwijl zíj nog steeds door de stront schuifelen. Dat is de waarheid! Niemand zal hen uit dit leven, uit dit karma weten te verlossen. Mayawati noch de anderen. Alleen de dood zal hen ervan verlossen. Zolang blijven ze hier, in dit dorp waar ze zijn geboren en waar ze altijd hebben gewoond. Bij die woorden zo scherp als een kapmes stapt Nagarajan de hut uit.

Goed dan, denkt Smita. Als jij niet mee wilt, vertrek ik wel zonder je.

Giulia

Palermo, Sicilië

Nu heeft alles wat leeft
weer een stem en een bloed.
Nu zijn aarde en hemel
hevig in trilling gebracht,
ze worden vervormd door de hoop,
de ochtend brengt ze in beroering,
jouw pas dompelt ze onder,
je adem van morgenrood.

- Cesare Pavese

Kamal en Giulia zien elkaar nu elke dag. Ze hebben de gewoonte elkaar rond lunchtijd in de bibliotheek te ontmoeten. Ze gaan vaak wandelen aan zee. Giulia is geïntrigeerd door deze man die in niets lijkt op de mannen die ze kent – hij heeft het uiterlijk noch de manieren van een Siciliaan en misschien is het juist dat wat haar trekt. De mannen in haar familie zijn autoritair, druk, opvliegend en koppig. Kamal is het tegenovergestelde.

Ze weet nooit zeker of ze hem zal treffen. Iedere middag

als ze om twaalf uur de leeszaal binnengaat zoekt ze hem met haar ogen. Soms zit hij er. Op andere dagen komt hij niet. En die verrukkelijke spanning wakkert Giulia's nieuwsgierigheid alleen maar aan. In haar buik voelt ze die kriebel waarvan ze 's nachts wakker wordt, een zalig nieuw gevoel. Ze leest en herleest de gedichten van Pavese, waarvan de woorden de enige remedie zijn tegen dat verlangen dat ze al voor hem koestert.

Het gebeurt op een middag, terwijl ze wandelen. Giulia voert hem verder mee dan gebruikelijk, naar een strand waar geen toeristen komen. Ze wil hem de plek laten zien waar ze soms gaat lezen. Het is een grot die niemand kent, zegt ze. Dat gelooft ze in elk geval graag.

De baai is op dit tijdstip verlaten. De grot is stil, vochtig en donker, beschut tegen de wereld. Zonder een woord te zeggen kleedt Giulia zich uit. Haar zomerjurk landt op haar voeten. Kamal blijft onbeweeglijk staan, versteend als voor een bloem die je niet durft te plukken uit angst dat je hem vernielt. Giulia reikt hem haar hand, in een gebaar dat meer is dan een aanmoediging: een uitnodiging. Langzaam maakt hij zijn tulband los, verwijdert het kammetje dat zijn haar gevangen houdt. Het ontrolt zich als een streng wol, tot aan zijn middel. Giulia begint te trillen. Ze heeft nooit een man met zulk lang haar gezien – hier zijn het de vrouwen die dat hebben. Toch heeft Kamal niets vrouwelijks. Ze vindt hem juist heel mannelijk met zijn gitzwarte haar. Hij kust haar heel zachtjes, zoals je de voeten van een godheid die je bijna niet durft aan te raken zou kussen.

Giulia heeft niet eerder zoiets meegemaakt. Kamal bedrijft de liefde alsof hij bidt, met zijn ogen dicht, alsof zijn leven ervan afhangt. Zijn handen zijn versleten door nachten arbeid, maar zijn lichaam is heel zacht, als een groot penseel waarvan alleen al de aanraking haar doet zinderen.

Na het liefdesspel blijven ze lang liggen, verstrengeld. In het atelier lachen de arbeidsters om mannen die vlak na de seks in slaap vallen, maar Kamal is niet zo. Hij houdt Giulia tegen zich aan gedrukt, als een schat die hij niet wil loslaten. Ze zou uren zo kunnen blijven liggen, zijn gloeiende lichaam tegen het hare, haar lichte huid tegen de zijne, zacht en donker.

Ze ontwikkelen de gewoonte elkaar daar, in die grot bij de zee, te ontmoeten. Omdat Kamal 's nachts bij de coöperatie werkt en Giulia overdag in het atelier, zien ze elkaar om twaalf uur 's middags. Ze vrijen tussen de middag en hun omhelzingen hebben de smaak van een gestolen moment. Heel Sicilië is aan het werk, bedrijvig op kantoor, bij een bank of op de markt, maar zij niet. Deze uren behoren hun toe, ze gebruiken en misbruiken ze, terwijl ze elkaars moedervlekken tellen, elkaars littekens inventariseren, ieder stukje van elkaars huid proeven. Overdag bedrijf je de liefde anders dan 's nachts, het heeft iets gewaagds, iets van vervreemding om een lichaam bij daglicht te ontdekken.

Deze manier waarop ze elkaar ontmoeten doet Giulia denken aan de tarantelladanseressen naar wie ze als kind keek tijdens de zomerfeesten. Elkaar naderen, elkaar aanraken, zich weer losmaken: dat is de danspas van hun relatie, op de maat van het komen van of gaan naar het werk, overdag of 's nachts. Een even frustrerende als romantische tussenpoos.

Kamal is een mysterieuze man. Giulia weet niets of bijna niets van hem. Hij praat nooit over zijn leven van daarvoor, over hetgeen hij heeft moeten achterlaten om hiernaartoe te komen. Bij de aanblik van de zee krijgt hij iets afwezigs in zijn ogen. Dan verschijnt die mantel van triestheid weer die hem volledig omhult. Voor Giulia is water leven, een bron van genot die voortdurend wordt hernieuwd. Een vorm van sensualiteit. Ze houdt van zwemmen, ze houdt ervan het water langs haar lichaam te voelen. Op een dag probeert ze hem over te halen, maar hij weigert een duik te nemen. 'De zee is een kerkhof,' zegt hij tegen haar. Giulia durft geen vragen te stellen. Ze weet niets van wat hij heeft meegemaakt, van wat het water hem heeft ontnomen. Misschien vertelt hij het haar op een dag. Misschien ook niet.

Samen praten ze niet over de toekomst of over het verleden. Giulia verwacht niets van hem, niets dan die gestolen uren in de middag. Alleen het huidige moment telt, het moment waarop hun lichamen zich verstrengelen en één worden, als twee stukjes van een puzzel die perfect in elkaar passen.

Hoewel Kamal nooit over zichzelf praat, heeft hij het graag over zijn land. Giulia kan wel uren naar hem luisteren. Hij is als een open boek over een gebied dat haar op een verrukkelijke manier vreemd is. Ze sluit haar ogen en heeft het gevoel dat ze aan boord stapt van een boot waarop ze de enige passagier is. Kamal beschrijft de bergen van Kasjmir, de oevers van de Jhelum en het Dalmeer met zijn drijvende hotels. Hij beschrijft de rode kleur van de bomen in de herfst, de weelderige tuinen, de tulpen die zich eindeloos ver uitstrekken aan de voet van de Himalaya. Giulia moedigt hem aan, ze wil er meer van weten. 'Vertel,' zegt ze, 'vertel verder.' Kamal praat over zijn godsdienst, over wat hij gelooft, over de *Rehat Maryada*, de gedragscode van de sikhs die hun verbiedt hun haar te knippen en hun baard te scheren, en ook om te drinken, te roken, vlees te eten of te gokken. Hij praat over zijn god die een deugdzaam en puur leven voorstaat; een unieke, scheppende god die niet christelijk, niet hindoeïstisch of van enig ander geloof is maar gewoon EEN is, daar komt het op neer. De sikhs geloven dat alle religies naar hem kunnen leiden en dat ze om die reden allemaal respect verdienen. Dat idee van geloof zonder erfzonde, zonder paradijs en zonder hel spreekt Giulia aan – hel en paradijs bestaan alleen in deze wereld, denkt Kamal, en ze hoopt dat hij de waarheid spreekt.

Het sikhgeloof, legt hij uit, gaat ervan uit dat de vrouw dezelfde ziel heeft als de man. Het behandelt de twee seksen als gelijkwaardig. Vrouwen mogen goddelijke zangen reciteren in de tempel en deelnemen aan alle plechtigheden, zoals de doop. Ze verdienen respect en eerbied om hun rol in het gezin en de maatschappij. Een sikh moet de vrouw van een ander als een zus of een moeder beschouwen en andermans dochter als de zijne. Als symbool voor die gelijkwaardigheid hebben de sikhs gemengde voornamen, die zowel voor mannen als vrouwen worden gebruikt. Alleen de tweede naam maakt een onderscheid: *Singh*, dat 'leeuw' betekent voor mannen en *Kaur*, dat hij vertaalt als 'prinses', voor vrouwen.

Prinses.

Giulia vindt het leuk als Kamal haar zo noemt. Ze vindt het steeds moeilijker om afscheid van hem te nemen en weer aan het werk te gaan. Het zou heerlijk zijn om hele dagen in zijn buurt door te brengen, denkt ze bij zichzelf. Dagen en ook nachten. Ze zou haar leven op die manier kunnen slijten: naar hem luisteren en hem beminnen.

Toch weet ze dat ze hier eigenlijk niet mag komen. Kamal heeft niet dezelfde huid, niet dezelfde god als de Lanfredi's. Ze stelt zich voor hoe haar moeder zou reageren: een man met een donkere huid die niet eens christen is! Ze zou het verschrikkelijk vinden. Het nieuwtje zou als een lopend vuurtje door de buurt gaan.

Daarom houdt Giulia in het geheim van Kamal. Hun liefde is clandestien. Het is liefde zonder papieren.

Ze keert na haar lunchpauze steeds later terug naar het atelier. Nonna begint iets te vermoeden. Ze heeft de glimlach om haar lippen opgemerkt, de nieuwe glans in haar ogen. Giulia beweert dat ze iedere dag naar de bibliotheek gaat, maar ze komt buiten adem terug, met gloeiende wangen. Op een middag denkt Nonna zelfs zand in haar sjaaltje te zien, in haar haar... De arbeidsters beginnen te roddelen: heeft ze een vriendje? Wie is het? Is het een kerel uit de buurt? Is hij jonger? Ouder? Giulia ontkent met zoveel nadruk dat het bijna een bekentenis wordt.

Arme Gino, zucht Alda, zijn hart zal breken! Hier weet iedereen dat Gino Battagliola, de baas van de kapsalon in de wijk, gek op haar is. Hij maakt haar al jaren het hof. Hij komt wekelijks naar het atelier om zijn geknipte haar te verkopen; soms komt hij zelfs zonder reden langs, gewoon om haar gedag te zeggen. Alle dames hier vinden het geestig. Ze lachen om de cadeaus die hij tevergeefs voor haar meebrengt. Giulia blijft van marmer, maar Gino houdt hoop en houdt vol, zijn armen vol *buccellatini* met vijgen, die de arbeidsters zich laten smaken.

Elke avond na sluitingstijd zoekt Giulia haar vader in het ziekenhuis op om hem voor te lezen. Ze neemt het zichzelf soms kwalijk dat ze zich zo vol leven voelt midden in deze tragedie. Haar lichaam jubelt, vibreert, geniet zoals het nog nooit heeft genoten, terwijl haar vader voor zijn leven vecht. Toch heeft ze het nodig om zich daaraan vast te klampen, om zichzelf ertoe te zetten door te gaan, om niet toe te geven aan het verdriet en de verslagenheid. Kamals huid is een balsem, een zalf, een remedie tegen het leed van de wereld. Ze zou niets anders dan dat willen zijn: een lichaam dat zich overgeeft aan het genot, want genot houdt haar staande. Het houdt haar in leven. Ze voelt zich verscheurd tussen extreme gevoelens, afwisselend neerslachtig en vurig. Als een koorddanser heeft ze het gevoel dat ze stuurloos is overgeleverd aan de nukken van de wind. Zo gaat het, denkt ze bij zichzelf, het leven verenigt soms de donkerste en de meest lichtende momenten. Het neemt en geeft tegelijkertijd.

Vandaag heeft mamma haar een opdracht toevertrouwd: een document zoeken in haar vaders kantoor. Het ziekenhuis vraagt dringend om een papier dat ze maar niet kan vinden. '*Dio mio*, wat is het allemaal ingewikkeld,' klaagt ze. Giulia heeft niet de moed om te weigeren. Maar eigenlijk heeft ze geen zin om dat vertrek binnen te gaan. Ze is er sinds het ongeluk niet meer geweest. Ze wil niet dat mensen aan de spullen van haar vader komen. Ze staat erop dat hij het aantreft zoals hij het heeft achtergelaten, als hij uit zijn coma ontwaakt. Op die manier zal hij zien dat iedereen op hem wachtte.

Ze duwt de deur van de tot kantoor omgebouwde projectieruimte open. Het duurt even voordat ze naar binnen loopt. Aan de muur hangt de ingelijste foto van Pietro, naast die van zijn vader en grootvader, drie generaties Lanfredi die achtereenvolgens aan het hoofd van het atelier hebben gestaan. Een stukje verderop hangen nog meer kiekjes, gewoon met punaises aan de muur: Francesca als baby, Giulia op de Vespa, Adela op de dag van haar communie, mamma in bruidsjurk met een wat geforceerde glimlach. Ook de paus, niet Franciscus maar Johannes Paulus II, de meest geliefde.

Het vertrek ziet er zo uit als haar vader het op de ochtend van zijn ongeluk heeft achtergelaten. Giulia bekijkt zijn stoel, zijn ordners, de door haar als kind geboetseerde asbak van klei die zij hem cadeau heeft gedaan en waarin hij zijn peuken dooft. Zijn universum lijkt beroofd van zijn aanwezigheid en tegelijkertijd op een vreemde manier bezield. Op het bureau ligt zijn agenda opengeslagen op een vreselijke dag: 14 juli. Giulia voelt zich niet in staat om die bladzijde om te slaan. Het is alsof haar vader plotseling tot leven komt in die Moleskine-agenda met zwart leren omslag, alsof er iets van hem is achtergebleven tussen de lijnen van het zakboekje, in de inkt van de woorden, tot in het vlekje onder aan de bladzijde dat is gestold op het papier. Giulia heeft het gevoel dat hij er is, in ieder deeltje, in ieder atoom van het meubilair.

Heel even is ze geneigd rechtsomkeert te maken, de deur weer te sluiten. Toch verzet ze geen stap. Ze heeft mamma beloofd om dat document voor haar mee te nemen. Langzaam opent ze een eerste la, daarna een tweede. De derde, de onderste, zit op slot. Dat verbaast Giulia. Een voorgevoel maakt zich van haar meester. Papa heeft geen geheimen, bij de Lanfredi's heeft niemand iets te verbergen... Waarom zit die la dan op slot?

In haar hoofd cirkelen de vragen rond. Haar fantasie gaat met haar op de loop, als een uitzinnig paard dat wordt losgelaten. Zou haar vader een minnares hebben? Een verborgen leven? Heeft La Piovra hem soms met haar tentakels aangeraakt? Bij de Lanfredi's doet niemand aan louche zaakjes... Waarom dan die twijfel die Giulia bestookt, als een voorbode, een zwarte wolk die haar horizon verduistert?

Na even zoeken vindt ze uiteindelijk de sleutel, in de sigarendoos die hij van mamma heeft gekregen. Giulia huivert: heeft ze wel het recht om hier te zijn? Ze kan nu nog terug...

Met trillende hand draait ze de sleutel om. De la gaat eindelijk open: hij bevat een bundel papieren. Giulia haalt ze eruit.

Dan lijkt de vloer onder haar voeten weg te zakken.

Sarah

Montreal, Canada

Aanvankelijk werkte Sarahs plan.

Ze nam twee weken vrij voor de operatie. Ze had er drie nodig – daar drong de arts nog zo op aan: één week opname gevolgd door twee weken volledige rust, die zij terugbracht tot één. Ze kan met goed fatsoen niet nóg meer opnemen zonder argwaan te wekken op kantoor. Ze is al twee jaar niet op vakantie geweest, de kinderen hebben in deze periode geen vrij van school, dus wie neemt er midden in november nou drie weken op, terwijl het wemelt van de zittingen?

Ze heeft tegen niemand iets gezegd, op kantoor niet en ook thuis niet. Haar kinderen heeft ze verteld dat ze een 'ingreep' moest ondergaan, 'niets ernstigs' had ze eraan toegevoegd om hen niet ongerust te maken. Ze regelde dat de tweeling die week bij hun vader was en Hannah bij de hare – ze protesteerde, maar voegde zich uiteindelijk naar haar wil. Sarah maakte duidelijk dat ze haar niet in het ziekenhuis konden komen opzoeken, voorwendend dat kinderen niet naar binnen mochten. Een leugentje om bestwil, dacht ze bij zichzelf, om de steek die ze in haar hart voelde te verzachten. Ze wil hen beschermen tegen die plek, die witte hel met zijn penetrante geuren – het zijn vooral de geuren van het ziekenhuis waar ze niet tegen kan, die mengeling van ontsmettingsmiddel en bleekwater waarvan ze een knoop in haar maag krijgt. Ze wil niet dat haar kinderen haar zo zien, weerloos, verzwakt.

Vooral Hannah is erg gevoelig. Ze trilt als een blad bij het minste zuchtje wind. Dat had Sarah al vroeg in de gaten bij haar dochter: die neiging tot inlevingsvermogen. Ze resoneert met het lijden van de wereld, dat ze op zich neemt en tot het hare maakt. Het is een soort gave, een zesde zintuig. Als kind begon ze te huilen als ze zag dat iemand zich bezeerde of uitgefoeterd werd. Ze huilde bij reportages op televisie, bij tekenfilms. Sarah maakt zich soms zorgen: wat heeft ze aan die verhevigde gevoeligheid die haar aan de grootste vreugde maar ook aan de grootste kwellingen blootstelt? Ze zou zo graag tegen haar zeggen: bescherm jezelf, wapen jezelf, de wereld is hard, het leven is wreed, laat je niet raken, laat je geen pijn doen, wees net als iedereen egoïstisch, ongevoelig en onverstoorbaar.

Wees zoals ik.

Maar ze weet dat haar dochter een vibrerende ziel is en dat ze daar rekening mee moet houden. Dus nee, ze kan het haar niet vertellen. Met haar twaalf jaar zou Hannah te goed begrijpen wat het woord kanker betekent. Ze zou vooral doorzien dat de strijd niet bij voorbaat gewonnen is. Sarah wil haar de last en de angst die de ziekte met zich meebrengt niet aandoen.

Natuurlijk kan ze niet eeuwig blijven liegen. Haar kinderen zullen uiteindelijk vragen gaan stellen. Dan zal ze moeten praten, het moeten uitleggen. Hoe later hoe beter, denkt Sarah. Misschien wordt het dan alleen maar erger, maar dat moet dan maar. Dit is haar manier om ermee om te gaan.

Ook tegen haar vader en broer zegt ze niets. Twintig jaar geleden overleed haar moeder aan dezelfde ziekte. Ze wil hen niet opnieuw belasten met deze worsteling, de emotionele achtbaan van hoop, wanhoop, remissie, terugval. Ze weet maar al te goed wat die woorden betekenen. Ze gaat alleen knokken, in stilte. Ze gelooft dat ze daar sterk genoeg voor is.

Op kantoor heeft niemand iets gemerkt. Inès vond alleen dat ze er moe uitzag. 'Je ziet bleek,' zei ze toen Sarah terugkwam van haar verlof. Gelukkig is het winter en zijn de lichamen verhuld, bedekt met blouses, truien, jassen. Sarah let erop dat ze geen blote halzen draagt, maakt zich iets meer op dan anders en klaar is Kees. Ze hanteert een ingenieus codesysteem in haar agenda: ze heeft een afkorting voor de sessies in het ziekenhuis (Afspr. H), een andere voor onderzoeken, bloedafname en foto's, die ze altijd tussen twaalf en twee plant (Lunch F) en zo verder. Straks denken haar medewerkers nog dat ze een minnaar heeft. Eerlijk gezegd bevalt die gedachte haar wel. Soms beeldt ze zich in dat ze tussen de middag een man ontmoet... Een man alleen, in een stad aan de kust... Wat zou dat heerlijk zijn... Haar gedroom houdt daar op; het voert haar onverbiddelijk terug naar het ziekenhuis, naar de behandeling, de onderzoeken. Onder de aspirant-advocaten doen vele praatjes de ronde: *ze is vandaag alweer buiten kantoor... gisteren een deel van de middag... ze zet haar mobiel uit, ja...* Zou Sarah Cohen dus een leven hebben buiten het advocatenkantoor? Wie is degene die ze bij de lunch, 's middags en soms 's morgens ontmoet? Is het een collega? Een vennoot? Inès neigt naar een getrouwde man, een ander oppert dat het een vrouw is. Waarom anders al die voorzorg? Volhardend gaat Sarah door met haar bezoekjes. Haar plan lijkt te werken.

In elk geval voor nu.

Een detail brengt haar aan het wankelen, zoals vaak in misdaadverhalen: een detail drijft de moordenaar in het nauw. De moeder van Inès is ziek. Dat had Sarah moeten weten. Als ze er goed over nadenkt, is die informatie haar lang geleden meegedeeld, vorig jaar. Sarah zei toen dat ze het vreselijk voor haar vond, maar heeft er vervolgens niet meer bij stilgestaan; het gegeven was vervaagd in een randgebied van haar overvolle brein. Wie kan het haar kwalijk nemen, ze heeft zoveel aan haar hoofd. Als ze de tijd had genomen even bij het koffieapparaat te blijven staan, door de gangen te slenteren of bij de lunch te gaan zitten – iets wat ze nooit doet – was ze er opnieuw aan herinnerd. Maar ja, haar contact met de anderen beperkt zich tot een minimum, tot het puur professionele. Dat is geen minachting of vijandigheid, eerder tijdgebrek, gebrek aan beschikbaarheid. Sarah laat niets los over haar privéleven en mengt zich niet in dat van anderen. Ieder zijn geheime erf. In andere omstandigheden, in een ander leven, had ze een band met haar collega's kunnen opbouwen, waren sommigen misschien zelfs vrienden geworden. Maar in dit leven is er geen plek behalve de werkplek. Met haar collega's toont Sarah zich altijd vormelijk; losjes wordt ze nooit.

Inès is haar evenbeeld. Ze geeft zich niet bloot, stort haar hart niet uit. Dat is een eigenschap die Sarah waardeert. In haar lijkt ze de jonge advocate terug te zien die ze vroeger zelf was. Ze heeft haar zelf uitgekozen bij de sollicitatieprocedure voor juniormedewerkers. Inès kwam over als nauwkeurig, hardwerkend en zeer voortvarend. Ze is de meest briljante van haar groep. Ze zal het nog ver schoppen, heeft Sarah op een dag tegen haar gezegd, *als ze de juiste kansen weet te grijpen.*

Hoe kon ze dus weten dat Inès haar moeder net op dezelfde dag voor een onderzoek naar het ziekenhuis zou brengen?

In haar agenda heeft Sarah 'Afspr. H' genoteerd. H. is geen Man, het is niet Henry van de boekhoudafdeling, en ook niet Herbert, de knappe jonge medewerker van het andere team die zo op die beroemde Amerikaanse acteur lijkt. Nee, H is simpelweg dokter Haddad, Sarahs oncoloog, die helaas niets Hollywoodachtigs heeft.

Toen Inès vorige week vroeg of ze bij uitzondering een extra vrije dag mocht, was Sarah akkoord gegaan. Ze had de informatie mentaal geregistreerd en er vervolgens niet meer aan gedacht – sinds een tijdje onthoudt ze bepaalde dingen niet, haar hevige vermoeidheid is daar ongetwijfeld debet aan.

Zo dadelijk zullen ze elkaar tegenkomen in de wachtkamer van de afdeling oncologie van het academisch ziekenhuis. Eenzelfde verbaasde uitdrukking zal van hun gezicht af te lezen zijn. Sarah zal met haar mond vol tanden staan. Om zich een houding te geven zal Inès haar moeder aan haar voorstellen.

Dit is Sarah Cohen, de partner met wie ik samenwerk. Aangenaam, mevrouw.

Sarah zal beleefd doen, ze zal niets van haar verbouwereerdheid laten blijken. Inès zal al snel doorhebben wat haar baas daar doet, midden op de dag, een doordeweekse dag, in die gang van de afdeling oncologie met röntgenfoto's onder haar arm. In een oogwenk zal alles in elkaar storten: de verhouding, de getrouwde man, de romantische lunches, de geheime afspraakjes, de pikante dates. Sarah zal ontmaskerd worden.

In een wat vruchteloze poging haar gezicht te redden wendt

ze voor dat ze zich in de wachtkamer heeft vergist, dat ze een vriendin bezoekt... Ze weet dat Inès daar niet in trapt. Ze zal de puzzelstukjes weldra aan elkaar leggen: haar afwezigheid van twee weken, de vorige maand, die iedereen verbaasde, de sinds kort frequente afspraken buiten de deur, haar teint, haar magerte, dat ze onwel werd in de rechtszaal: allemaal aanwijzingen die het gewicht krijgen van een bekrachtiging, van bewijsmateriaal.

Sarah zou willen verdwijnen, willen oplossen, wegvliegen als de superhelden met toverkracht waar de tweeling dol op is. Te laat.

Ze voelt zich plotseling belachelijk nu ze staat te trillen voor een juniormedewerkster, alsof ze betrapt wordt. Ze heeft kanker, dat is geen misdaad. En ze hoeft zich echt niet voor Inès te rechtvaardigen, ze is haar niets verschuldigd, haar niet en niemand anders.

Om de ongemakkelijke stilte te verbreken groet Sarah de jonge vrouw en haar moeder en loopt weg met een tred die zelfverzekerd moet lijken. Terwijl ze haar taxi nadert wordt ze gekweld door een vraag: wat gaat Inès met deze informatie doen? Gaat ze die publiek maken? Sarah wil bijna op haar schreden terugkeren, weer naar haar toe rennen, haar smeken niets te zeggen. Toch houdt ze zich in. Daarmee zou ze toegeven dat ze kwetsbaar is. Ze zou Inès macht geven, overwicht.

Ze volgt een heel andere strategie: als ze morgen op kantoor aankomt zal ze Inès bij zich roepen en haar voorstellen haar te assisteren in de zaak-Bilgouvar, dé zaak van het moment voor de belangrijkste cliënt van het kantoor. Een promotie, een onverhoopt aanbod dat de jonge medewerkster vast en zeker niet zal afslaan. Ze zal zich gevleid voelen, ze zal Sarah dankbaar zijn. Sterker nog: ze zal afhankelijk van haar worden. Een handige manier om haar stilzwijgen te waarborgen, denkt ze bij zichzelf, om zich te verzekeren van haar loyaliteit. Inès is ambitieus, ze zal begrijpen dat ze maar beter niet haar mond voorbij kan praten en zich de woede van haar partner op de hals halen.

Sarah verlaat het ziekenhuis, gerustgesteld door het plan dat ze zojuist heeft uitgebroed. Het is bijna perfect.

Ze vergeet maar één ding. Iets wat ze niettemin in haar jarenlange beroepservaring heeft geleerd: als je tussen de haaien zwemt, kun je beter niet bloeden.

Mijn werk vordert langzaam
Als een woud dat in stilte groeit
Het is een inspannende taak, de mijne
Een taak die door niets mag worden verstoord.

Toch voel ik me niet alleen,
Opgesloten in mijn atelier.

Ik laat mijn vingers soms gaan in hun vreemde ballet,
En droom over de levens die ik niet zal leven
Over de reizen die ik nooit heb gemaakt
Over de gezichten die ik nooit ben tegengekomen.

Ik ben maar een schakel in de keten, maar wat doet het ertoe,
Voor mij bevindt mijn leven zich hier,
In de drie gespannen draden voor me
In de haren die dansen
Tussen mijn vingertoppen.

Smita

Badlapur Village, Uttar Pradesh, India

Nagarajan is in slaap gevallen. Smita, die naast hem ligt, houdt haar adem in. Het eerste uur van zijn slaap is altijd woelig; ze weet dat ze moet wachten als ze hem niet wakker wil maken.

Ze vertrekt vannacht. Dat heeft ze besloten. Of liever gezegd, dat heeft het leven voor haar besloten. Ze dacht niet dat ze haar plan zo snel zou uitvoeren, maar de gelegenheid deed zich voor als een geschenk uit de hemel. De vrouw van de brahmaan, die last had van een abces in haar kies, moest die ochtend weg voor een bezoek aan de dorpsdokter. Smita was bezig met het legen van het stinkende gat dat ze als toilet gebruiken, toen ze haar het huis zag verlaten. Ze had maar een paar seconden om haar besluit te nemen: zo'n kans zou zich niet nog eens voordoen. Behoedzaam glipte ze de bijkeuken in en tilde de aardewerken kruik op waar de rijstvoorraad in zit en waaronder het stel zijn spaargeld opbergt. Het is geen diefstal, zei ze tegen zichzelf, gewoon een terugbetaling waar ik recht op heb. Ze nam precies het bedrag weg dat ze aan de brahmaan had afgestaan, geen roepie meer. Het idee iemand te beroven, al was het maar van één muntstuk, hoe rijk diegene ook is, gaat in tegen al haar principes, want Vishnoe zou dan woedend worden. Smita is geen dief, ze zou nog liever doodgaan van de honger dan een ei stelen.

Ze stopte het geld onder haar sari en haastte zich naar huis terug. Koortsachtig pakte ze wat spullen bij elkaar – het strikte minimum, je moet niet te veel meesjouwen. Lalita en zij zijn tenger, ze moeten niet met zware bepakking reizen. Wat kleding en levensmiddelen, rijst en papadums voor onderweg, die ze snel had bereid toen Nagarajan op de akker was. Smita weet dat hij hen niet zal laten gaan. Ze hebben het niet opnieuw over haar plan gehad, maar ze kent zijn standpunt. Ze heeft geen andere keus dan de nacht afwachten om haar plan ten uitvoer te brengen, biddend dat de vrouw van de brahmaan tot dat moment niets zal merken. Zodra ze ontdekt dat het geld verdwenen is, is Smita's leven in gevaar.

Ze knielt voor het huisaltaar gewijd aan Vishnoe en bidt om zijn bescherming af te smeken. Ze vraagt hem te waken over haar en haar dochter tijdens hun lange reis, de tweeduizend kilometer die ze te voet, per bus en per trein zullen afleggen naar Madras. Een uitputtende, gevaarlijke reis met onzekere afloop. Smita voelt een warme golf door haar lichaam gaan, alsof ze plotseling niet meer alleen is, alsof er miljoenen paria's voor het altaartje geknield zitten die samen met haar bidden. Dan doet ze Vishnoe een belofte: als het hun lukt te ontsnappen, als de vrouw van de brahmaan niets merkt, als de Jat hen niet tegenhouden, als ze Varanasi bereiken, als ze in een trein stappen, als ze uiteindelijk in het zuiden aankomen, helemaal daar, als ze het redden, dan gaan ze hem hulde brengen in de tempel van Tirupati. Smita heeft die mythische plek op de berg van Tirumala, op minder dan tweehonderd kilometer van Madras, horen beschrijven als het grootste pelgrimsoord ter wereld. Er wordt gezegd dat er ieder jaar miljoenen mensen offers komen brengen aan Sri Venkateshwara, Heer van de Berg, een zeer aanbeden vorm van Vishnoe. Haar God, die beschermende god, zal hen niet in de steek laten, dat weet ze. Ze pakt het ingelijste plaatje dat voor haar staat als ze bidt, een kleurige afbeelding van de god met de vier armen, en stopt het weg, tegen haar huid, onder haar sari. Nu ze dit bij zich heeft kan haar niets meer gebeuren. Plotseling is het alsof er een onzichtbare mantel over haar schouders valt die haar omhult om haar tegen het gevaar te beschermen. Zo toegedekt is Smita onoverwinnelijk.

Het dorp is nog in duisternis gehuld. De ademhaling van Nagarajan is nu regelmatig, een licht gesnurk ontsnapt aan zijn neusgaten. Het is geen hevig geronk, eerder een zacht gesnor dat lijkt op dat van een babytijger die opgekruld tegen de buik van zijn moeder aan ligt. Smita wordt bedroefd. Ze heeft van deze man gehouden, is gewend aan zijn geruststellende aanwezigheid naast haar. Ze neemt hem zijn gebrek aan moed kwalijk, dat bittere fatalisme waarin hij hun leven heeft gedompeld. Ze had zo graag met hem willen vertrekken. Ze hield ermee op van hem te houden op het moment dat hij weigerde de strijd aan te gaan. De liefde is vluchtig, denkt ze bij zichzelf, ze verdwijnt soms zoals ze gekomen is, met een vleugelslag.

Terwijl ze de deken van zich af slaat wordt ze overvallen door een duizeling. Is het niet krankzinnig om deze reis te ondernemen? Was ze maar niet zo opstandig, zo tegendraads, fladderde die vlinder maar niet in haar buik: dan kon ze ervan afzien, haar lot aanvaarden, net als Nagarajan en hun dalitbroeders. Weer gaan slapen en op de morgenstond wachten, in een sluimer zonder dromen, zoals je op de dood wacht.

Maar ze kan niet meer terug. Ze heeft het geld onder de kruik van de brahmaan weggepakt, het is onmogelijk om op haar schreden terug te keren. Ze moet zich erin storten, halsoverkop, in die reis die haar ver zal brengen – of misschien nergens. Het is niet de dood die haar afschrikt, zelfs niet het lijden – voor zichzelf voelt ze niet of nauwelijks angst. Voor Lalita daarentegen vreest ze alles.

Mijn dochter is sterk, zegt ze steeds tegen zichzelf om zichzelf gerust te stellen. Dat wist ze al op de dag van haar geboorte. Terwijl de dorpsverloskundige haar na de geboorte onderzocht, beet het kind hem. Hij vond het wel grappig – het kleine mondje zonder tanden had slechts een onbeduidend afdrukje op zijn hand achtergelaten. Dat zal een karaktertje worden, had hij niettemin gezegd. Die kleine dalit van zes jaar, nauwelijks groter dan een kruk, heeft nee gezegd tegen de brahmaan. Midden in de klas heeft ze hem in de ogen gekeken en nee tegen hem gezegd. Je hoeft niet van goede komaf te zijn om moed te hebben. Die gedachte geeft Smita kracht. Nee, ze zal Lalita niet in de modder achterlaten, ze levert haar niet uit aan dat vervloekte darma.

Ze gaat naar haar slapende dochter toe. De slaap van kinderen is een wonder, mijmert ze. Die van Lalita is zo vredig dat het haar bezwaart haar kind te moeten storen. Haar gezicht is ontspannen, sereen, vertederend. Als ze slaapt lijkt ze jonger, bijna een baby. Smita zou willen dat het niet hoefde, haar dochter midden in de nacht wakker maken om te vluchten. Het kind weet niets van haar moeders plannen; ze heeft geen idee dat ze haar vader de vorige avond voor het laatst heeft gezien. Smita is jaloers op die onschuld. Vluchten in de slaap is ze lang geleden al verleerd. Haar nachten bieden haar niets dan een bodemloze afgrond, dromen zo zwart als de modder die ze opveegt. Zou het daarginds anders worden?

Lalita slaapt met haar enige pop stevig tegen zich aan, een stuk speelgoed dat ze kreeg voor haar vijfde verjaardag: een kleine Bandit Queen met een rode sjaal om haar hoofd, naar de beeltenis van Phoolan Devi. Smita vertelt haar vaak het verhaal van deze vrouw uit een lage kaste, die op haar elfde trouwde en beroemd werd door haar verzet tegen haar lot. Aan het hoofd van een bende *dacoïts* nam ze het op voor de onderdrukten, viel de vermogende eigenaren aan die meisjes uit lagere kasten op hun grondgebied verkrachtten. Omdat ze wat ze de rijken ontnam aan de armen gaf was ze de heldin van het volk en werd ze door sommigen beschouwd als een avatar van Dourgâ, de godin van de oorlog. Beschuldigd van achtenveertig misdaden werd ze gearresteerd, gevangengenomen en vervolgens bevrijd en gekozen als afgevaardigde in het parlement. Kort daarna werd ze midden op straat door drie gemaskerde mannen vermoord. Lalita is dol op die pop, zoals alle kleine meisjes hier. Je vindt ze zo'n beetje op iedere markt.

'Lalita. Wakker worden. Kom!'

Het kind komt uit een droom die alleen haar toebehoort. Ze werpt haar moeder een slaapdronken blik toe.

'Geen lawaai maken. Kleed je aan. Vlug.'

Smita helpt haar zich klaar te maken. Het meisje laat haar begaan terwijl ze haar met een ongeruste blik aanstaart: wat bezielt haar, midden in de nacht?

'Dat is een verrassing,' fluistert Smita.

Ze durft haar niet te vertellen dat ze weggaan en niet meer terugkomen. Het is een kaartje zonder retour, een enkele reis naar een beter leven. Nooit meer de hel van het dorpje Badlapur, dat heeft Smita zich voorgenomen. Lalita zou het niet begrijpen, ze zou waarschijnlijk gaan huilen, misschien tegensputteren. Smita kan het risico niet lopen dat haar plan in duigen valt. Dus liegt ze. Een klein leugentje maar, zegt ze als troost tegen zichzelf, een simpele verfraaiing van de werkelijkheid.

Voordat ze vertrekken werpt ze een laatste blik op Nagarajan; haar tijger ligt vredig te slapen. Naast hem, op haar lege plek, legt ze een stuk papier. Het is geen brief – ze kan niet schrijven. Ze heeft simpelweg het adres van haar neven in Madras overgeschreven. Hun vertrek geeft Nagarajan misschien de moed waaraan het hem vandaag ontbreekt. Misschien vindt hij de kracht om hen achterna te komen. Wie weet.

Na een laatste blik op de hut, op dat leven dat ze zonder – of bijna zonder – berouw verlaat, pakt Smita de ijskoude hand van haar dochter en schiet het donkere land op.

Giulia

Palermo, Sicilië

Giulia had alles verwacht, behalve dit.

Daar ligt de inhoud van de la, uitgespreid voor haar neus op papa's kantoor: brieven van deurwaarders, rechterlijke bevelen tot betaling, talloze aangetekende poststukken. De waarheid treft haar als een klap in het gezicht. In één woord samengevat: faillissement. Het atelier gaat gebukt onder de schulden. Atelier Lanfredi is geruïneerd.

Haar vader heeft er nooit iets over gezegd. Bij niemand heeft hij hierover zijn hart gelucht. Nu ze er goed over nadenkt heeft hij zich één keer, één enkele keer tijdens een gesprek laten ontvallen dat de traditie van de cascatura aan het verdwijnen was. In de hectiek van het moderne leven bewaarden de Sicilianen hun haar niet meer, had hij gezegd. Het was een feit: mensen bewaarden vandaag de dag niets meer. Wat versleten was werd weggegooid en vervangen door iets nieuws. Giulia herinnert zich dat gesprek, tijdens een familiemaaltijd met een groot gezelschap: binnen afzienbare tijd, had hij verkondigd, is er een gebrek aan materiaal. In de jaren zestig telde Atelier Lanfredi vijftien concurrenten in Palermo. Die hadden allemaal hun deuren gesloten. Ze waren er trots op de laatsten te zijn. Giulia wist dat het atelier in moeilijkheden verkeerde, maar had in de verste verte geen vermoeden van het ophanden zijnde faillissement. In haar geest hield ze dat niet eens voor mogelijk.

Maar ze moet de waarheid onder ogen zien. Volgens de boekhouding is er nog een maand werk. Hooguit. Zonder hoofdhaar zullen de arbeidsters technisch gesproken werkloos zijn. Dan kan het atelier hen niet meer betalen. Dan moeten ze een faillissement aanvragen en de deuren sluiten.

Die gedachte schokt Giulia diep. Haar hele familie leeft al decennia lang van de opbrengsten uit het atelier. Ze moet denken aan haar moeder, die te oud is om te werken, aan Adela, die nog op het lyceum zit. Haar oudste zus Francesca is huisvrouw en getrouwd met een man met een gat in zijn hand die zijn salaris verbrast met gokken – het komt niet zelden voor dat papa hun aan het eind van de maand iets toestopt om van rond te komen. Wat moet er van hen worden? Het familiehuis is met een hypotheek belast, op al hun bezittingen zal beslag worden gelegd. Wat de arbeidsters betreft, die zullen zonder werk komen te zitten. De sector is ultra-gespecialiseerd, er bestaat in Sicilië geen atelier meer als het hunne dat hen weer in dienst zou kunnen nemen. Wat gaan ze doen, deze vrouwen die als zussen voor haar zijn en met wie ze zoveel heeft gedeeld?

Dan moet ze denken aan papa, daarginds in het ziekenhuis, in zijn coma. Plotseling verstart ze. Er komt een vreselijk beeld bij haar op: haar vader op de Vespa, die ochtend, op weg voor zijn ronde, haar vader die geen uitweg ziet, wanhopig, hard rijdend, steeds harder over de steile weg... Ze verdringt die akelige gedachte. Nee, dat zou hij niet doen, hij zou hen niet in de steek laten, zijn vrouw, zijn dochters, zijn werkneemsters, berooid aan hun lot overgelaten... Pietro Lanfredi heeft een sterk ontwikkeld eergevoel; hij is niet het type dat wegloopt voor tegenslag. Toch weet Giulia dat zijn trots, zijn succes, de essentie van zijn leven dit kleine atelier in Palermo is dat zijn vader al leidde en dat zijn opa heeft opgezet. Zou hij het verdragen zijn arbeidsters te moeten ontslaan, zijn onderneming op te heffen, zijn levenswerk in rook te zien opgaan? Het is een wrede twijfel die op dat moment bij haar binnen sluipt, als vuil in een wond.

Het schip is aan het zinken, denkt Giulia bij zichzelf. Iedereen is aan boord, zijzelf, mamma, haar zussen, hun werkneemsters. Het is de Costa Concordia, de kapitein is van boord gegaan, de verdrinking is onafwendbaar. Er is geen reddingsboot, geen boei, niets om je aan vast te klampen.

Het gebabbel van haar collega's in de centrale ruimte haalt haar uit haar mijmeringen. Net als iedere ochtend zoeken ze hun plek op, kletsend over koetjes en kalfjes. Even benijdt Giulia hun zorgeloosheid – ze weten nog niet wat hun boven het hoofd hangt. Ze sluit de lade zoals je een doodskist sluit en draait langzaam de sleutel om. Ze heeft niet de moed om het hun vandaag te vertellen, maar ook niet om tegen hen te liegen. Ze kan niet naast hen aan het werk gaan alsof er niets aan de hand is. Daarom zoekt ze haar toevlucht boven op het dak, in het laboratorio. Ze gaat met haar gezicht naar de zee zitten, zoals haar vader altijd deed. Hij kon uren naar de zee zitten turen. Hij zei dat het een schouwspel was dat hem nooit zou gaan vervelen. Nu is Giulia alleen en de zee heeft lak aan haar verdriet.

Om twaalf uur zoekt ze Kamal op in de grot waar ze elkaar

gewoonlijk ontmoeten. Ze praat niet over haar zorgen. Haar verdriet verdrinken in de poriën van zijn huid, dat is wat ze wil. Ze bedrijven de liefde en de wereld lijkt haar voor even minder wreed. Kamal zegt niets als hij haar ziet huilen. Hij kust haar, en hun kussen hebben de smaak van zout water.

'sAvonds gaat Giulia terug naar huis. Ze wendt een migraine voor, sluit zich boven in haar kamer op en kruipt onder de lakens.

Die nacht wordt haar slaap bevolkt door vreemde visioenen: haar vaders atelier afgebroken, het huis leeggehaald en verkocht, haar moeder verwilderd, de arbeidsters op straat, overal de lokken van de cascatura, in zee geworpen, een onstuimige zee vol haar... Giulia draait zich alsmaar om. Ze wil er niet meer aan denken, maar de beelden komen steeds opnieuw terug, als een krankzinnige droom waaruit ze zich niet kan losmaken, een helse plaat die zijn macabere muziek aan haar opdringt. Het ochtendgloren verlost haar ten slotte van haar kwelling. Ze staat op met het gevoel dat ze niet heeft geslapen, misselijk, haar hoofd in een bankschroef. Ze heeft ijskoude voeten, haar trommelvliezen gonzen.

Ze waggelt naar de badkamer. Een hete of juist ijskoude douche zal haar uit deze nachtmerrie halen, hoopt ze, haar uitgeputte lichaam wakker maken. Ze loopt naar de badkuip en blijft dan staan.

Er zit een spin op de bodem.

Het is maar een kleintje, met een dun lijf en ranke poten als kantdraad. Hij moet via de riolering naar boven zijn gekropen en daar uitgekomen zijn, in de val op het geëmailleerde gietijzer, die witte vlakte waaruit geen ontsnapping mogelijk is. In eerste instantie zal hij geworsteld hebben, gepoogd hebben via de glanzende wanden omhoog te klimmen, maar zijn dunne poten gleden weg en brachten hem weer terug op de bodem van de kuip. Uiteindelijk begreep het beest dat de strijd zinloos was. Nu wacht het roerloos zijn lot of een andere uitweg af. Maar welke?

Dan begint Giulia te huilen. Het is niet zozeer de aanblik van de zwarte geleedpotige op het witte email die haar van haar stuk brengt – hoewel ze een vreselijke hekel heeft aan die beesten die haar acuut doen gruwelen en een redeloze paniek bezorgen – maar vooral de zekerheid dat zij net als die spin gevangenzit in een val waar ze niet uit komt, waaruit niemand haar zal verlossen.

Ze voelt er veel voor weer onder de dekens te kruipen om er nooit meer onder vandaan te komen. Verdwijnen, dat is een aangenaam, bijna aantrekkelijk vooruitzicht. Ze weet niet wat ze met al dit verdriet aan moet, die immense golf die haar overspoelt. Als kind was ze op een dag bijna verdronken, tijdens een zwempartijtje met de familie in San Vito Lo Capo. De zee, meestal zo rustig op die plek, was ongewoon woelig. Een golf die woester was dan de andere had haar gegrepen; een paar seconden was ze van de wereld afgesneden geweest, ondergedompeld in het schuim. Haar mond had zich met zand gevuld, dat herinnert ze zich nog, heel fijn grind vermengd met kiezelsteentjes. Een ogenblik lang wist ze niet meer waar de lucht of de bodem was, de kaders van de werkelijkheid vervaagden. De kracht van de stroming had haar naar de diepte gesleurd, alsof iemand haar aan haar voet omlaag had getrokken, net zo beslist. In die halfbewuste toestand die hoort bij een val of een ongeluk, momenten dat de realiteit sneller gaat dan het denken, geloofde ze dat ze niet meer omhoog zou komen. Dat het afgelopen was met haar. Ze had zich er bijna bij neergelegd. Toen greep haar vaders hand haar vast en die trok haar naar de oppervlakte. Ze was weer bij zinnen gekomen, verbaasd, geschokt. Levend.

Maar deze golf zal haar helaas niet boven zien komen.

Het lot heeft het op de Lanfredi's gemunt, denkt Giulia, zoals de aardbeving die meerdere malen het hart van Italië heeft doen trillen op dezelfde plek.

Het ongeluk van haar vader heeft hen op hun grondvesten doen schudden.

De dood van het atelier zal hen wegvagen.

Sarah

Montreal, Canada

Sarah voelt het: er is iets veranderd op het advocatenkantoor. Ze kan er niet goed de vinger op leggen. Het is subtiel en nauwelijks waarneembaar, maar het is er.

Het is in de eerste plaats een blik, een bepaalde klemtoon als mensen haar groeten, een iets te nadrukkelijke manier om belangstelling te tonen of juist niet, als vragen uitblijven. Vervolgens is het de licht onvaste toon, de manier waarop er naar haar wordt gekeken. Sommigen glimlachen geforceerd. Anderen ontwijken haar. Niemand doet natuurlijk.

In het begin vraagt Sarah zich af waar ze gepikeerd over zijn. Is er misschien iets mis met haar kleding, een detail dat ze over het hoofd heeft gezien? Toch ziet ze er zoals altijd uit om door een ringetje te halen. Ze herinnert zich de lerares op haar lagere school nog die op een dag verscheen met een vuilniszak in haar hand. Ze had hem alsof dat iets heel vanzelfsprekends was op het bureau gezet, en toen realiseerde ze zich dat ze zojuist bij het verlaten van haar huis haar handtas bij het afval had gezet. Zo was ze naar school gegaan, zonder iets te merken. De kinderen hadden het natuurlijk uitgeproest.

Maar vandaag is Sarahs outfit onberispelijk – ze inspecteert hem grondig in de spiegel in de toiletruimte. Behalve haar vermoeide trekken en die magerte die ze nog kan verhullen is het kwaad onzichtbaar. Waarom dan ineens die terughoudendheid in het contact met de anderen? Er heeft zich sinds een paar dagen een vreemde, verraderlijke afstand afgetekend, een afstand die zij niet heeft gecreëerd.

Er is maar één opmerking van haar secretaresse nodig, één enkele opmerking. Dan begrijpt Sarah alles.

'Wat erg, joh,' zegt ze zachtjes tegen haar met een diepbedroefde blik. Even, heel even maar, vraagt Sarah zich af waar ze het over heeft. Is er een ramp gebeurd, een aanslag, iets waarvan ze nog niet op de hoogte is? Zwaar weer, een ongeluk, een sterfgeval? Het duurt niet lang voordat ze beseft dat het over háár gaat. Jazeker, zij is zelf het slachtoffer, de getroffene, de betreurde.

Sarah kan van verbijstering geen woord uitbrengen.

Als de secretaresse het weet, dan is iedereen op de hoogte.

Inès heeft gepraat. Ze heeft hun pact verbroken, van de ene op de andere dag, zonder te waarschuwen. Ze heeft haar geheim onthuld. Het nieuwtje heeft zich als een vonk bij buskruit door het advocatenkantoor verspreid, het is door de gangen gegaan, de kantoren binnengedrongen, is door de vergaderzalen en de kantine gegaan, totdat het de bovenste etage bereikte, de top van de hiërarchie: Johnson.

De Inès in wie Sarah geloofde, de Inès die zij zelf heeft aangenomen, de Inès die elke ochtend naar haar glimlacht, met wie ze haar dossiers deelt, de Inès die ze onder haar vleugels heeft genomen, Inès, ja, die Inès heeft haar zojuist een dolksteek toegebracht, op de meest valse manier die er bestaat.

Tu quoque, mi fili.

Ze heeft hun geheim toevertrouwd aan de persoon bij wie de kans groot was dat hij het zou doorvertellen: Gary Curst, de meest jaloerse, meest ambitieuze, meest vrouwonvriendelijke onder de partners, die Sarah vurig haat sinds ze hier werkt. Ze heeft gehandeld 'in het belang van het kantoor', zal de verraadster op gemaakt onschuldige toon ter verdediging aanvoeren, om er daarna aan toe te voegen: 'Het spijt me'. Sarah gelooft geen seconde in haar spijt. Ze had op haar hoede moeten zijn. Inès is gewiekst, ze is *strategisch*, zoals men dat noemt, een elegant woord om te zeggen *geniepig, kruiperig*. Een woord dat betekent *niet te beroerd voor een stoot onder de gordel*. Inès zal het nog ver schoppen. Ja, dat had Sarah op een dag gezegd. *Als ze de juiste kansen weet te grijpen.*

Ze heeft bij Curst aangeklopt, *voor alle zekerheid*, om hem mee te delen dat Sarah *fouten* begaat in het dossier dat ze op het moment samen behandelen – het dossier-Bilgouvar, waarvan de afloop cruciaal is voor de financiële toekomst van het kantoor. Die *misstappen* zijn haar in het geheel niet *kwalijk te nemen*, uiteraard, gezien haar *omstandigheden*.

Misstappen heeft Sarah nooit begaan. Zeker, sinds ze behandeld wordt kost het haar meer moeite om zich te concentreren, is haar aandacht minder constant, vergeet ze weleens details, een naam, een begrip in een gesprek, maar in geen geval beïnvloedt dat de kwaliteit van haar werk. Ze mist geen afspraak, geen vergadering. Vanbinnen voelt ze zich zwakker, maar ze doet twee keer zoveel moeite om daar niets van te laten blijken. Misstappen, fouten: die heeft ze niet begaan. Dat weet Inès.

Waarom dan? Waarom verraadt ze haar dan? Sarah begrijpt het te laat en de gedachte verlamt haar: Inès aast op haar plek.

Haar positie van partner. De carrièremogelijkheden op het kantoor zijn dun gezaaid; junioren worden niet gemakkelijk in functie opgewaardeerd. Een verzwakte partner is een deur die opengaat, een kans om niet te laten liggen.

Curst ziet er hetzelfde belang in: hij is altijd jaloers geweest op de vertrouwensrelatie van Sarah met Johnson. Zij is waarschijnlijk de volgende managing partner die hij zal benoemen. Tenzij iets haar promotie in de weg staat... Hij ziet zichzelf wel in die fauteuil zitten, Gary Curst, helemaal aan de top van de hiërarchie. Een langdurige ziekte, een vreselijke, kwaadaardige ziekte die je aanvalt, verzwakt, een ziekte die kan verdwijnen en weer terugkomen: dat is het ideale wapen om een vijand mee te verslaan. Curst zal niet eens bloed aan zijn handen hebben. De perfecte misdaad. Net als in het schaakspel. Er valt een schaakstuk en iedereen schuift een veld op. Dat schaakstuk is Sarah.

Een woord zal genoeg zijn geweest, een enkel woord in een haar slecht gezind oor. Het kwaad is geschied.

Het is nu officieel. Iedereen weet het: Sarah Cohen is ziek.

Ziek, oftewel: zwak, broos, in staat om een dossier te laten vallen, om niet helemaal tot het uiterste te gaan in een zaak, om een lange periode verlof te nemen.

Ziek, oftewel onbestendig. Je kunt niet op haar rekenen. Erger nog, ze kan over een maand of over een jaar wel dood en begraven zijn, wie zal het zeggen? Dat vreselijke zinnetje vangt Sarah op een dag in de wandelgangen op, geuit op fluistertoon. Tja, wie zal het zeggen?

Ziek, dat is erger dan zwanger. Van een zwangerschap weet je tenminste wanneer die eindigt. Kanker is verfoeilijk: het kan terugkomen. Het hangt als het zwaard van Damocles boven je hoofd, een donkere wolk die je overal volgt.

Sarah weet het, een advocaat moet briljant zijn, presteren, in de aanval gaan. Hij moet geruststellen, overtuigen, verleiden. Op een kantoor met grote zaken zoals Johnson & Lockwood staan miljoenen op het spel. Ze stelt zich voor wat iedereen zich afvraagt. Kunnen ze nog wel op haar rekenen? Kan ze vertrouwelijke dossiers blijven behandelen, zaken die jaren in beslag nemen? Zal ze er überhaupt zijn als er gepleit moet worden?

Nachten doortrekken, weekenden doorwerken, kan ze dat nog opbrengen? Heeft ze daar de kracht nog wel voor?

Johnson roept haar bij zich in zijn kantoor. Hij lijkt ontstemd. Hij had liever gezien dat zij naar hem toe was gekomen. Hij had het nieuws uit haar mond willen horen. Ze hebben altijd een vertrouwensrelatie gehad; waarom heeft ze niets gezegd? Sarah merkt voor het eerst dat de toon van zijn stem haar niet bevalt. Die neerbuigende, valselijk paternalistische toon die hij tegen haar aanslaat – en die hij als ze er goed over nadenkt altijd tegen haar heeft aangeslagen – : ze walgt ervan. Ze zou willen antwoorden dat het om haar lichaam, om haar gezondheid gaat, dat niets haar verplicht om hem daarover te informeren. Als ze nog een stukje vrijheid heeft, dan is het dat: om het daar niet over te hebben. Ze zou tegen hem kunnen zeggen dat hij de pot op kan met zijn schijnheilige bezorgdheid, ze weet heel goed wat hem drijft: niet de vraag hoe het met haar gaat of hoe ze zich voelt, zelfs niet of ze er over een jaar nog zal zijn. Nee, het enige wat hem interesseert is of ze in staat zal zijn om die verdomde dossiers nog als vanouds te kunnen behandelen. Kortom: of ze nog kan presteren.

Natuurlijk zegt Sarah hier allemaal niks over. Ze houdt het

hoofd koel. Kordaat probeert ze Johnson gerust te stellen: welnee, ze zal geen langdurig verlof opnemen. Ze zal niet eens weggaan. Ze zal aanwezig zijn, ziek misschien, maar ze is er. Ze zal haar functie vervullen en haar dossiers bijhouden.

Terwijl ze zichzelf hoort praten lijkt het opeens alsof ze zich in de rechtbank bevindt, tijdens een vreemd proces dat net begonnen is: het hare. Alsof ze voor een rechter staat zoekt ze naar argumenten om haar verdediging te ondersteunen. Hè?! Is ze dan schuldig aan iets? Heeft ze een fout begaan? Waarvoor moet ze zich rechtvaardigen?

Terwijl ze naar haar kantoor terugloopt probeert ze zichzelf ervan te overtuigen dat er niks zal veranderen. Het is verloren moeite. Diep vanbinnen weet ze dat Johnson aan zijn zaak is begonnen.

De vijand, denkt ze nu, is misschien niet degene die ze daarvoor aanzag.

Smita

Uttar Pradesh, India

Smita vlucht over het ingeslapen land, met de kleine hand van Lalita in de hare. Ze heeft geen tijd om te praten, om haar dochter uit te leggen dat ze zich haar leven lang zal herinneren dat dit het moment was waarop ze een keus maakte, de loop van hun lot omboog. Ze rennen geluidloos om niet te worden gezien of gehoord door de Jat. Als die wakker worden, zullen zij al ver weg zijn. Dat hoopt Smita. Ze hebben geen seconde te verliezen.

'Schiet op!'

Ze moeten de grote weg bereiken. Daar in de struiken, bij de greppel, heeft Smita haar fiets verstopt, met een klein doosje met etenswaren. Ze bidt dat niemand het heeft ontdekt. Ze hebben meerdere kilometers voor de boeg voordat ze de National Highway 56 bereiken, waar ze een bus naar Varanasi nemen, zo'n bekende wit-met-groene reisbus van de staat waarin je voor een paar roepies mee kunt. Het comfort is er minimaal, de veiligheid gebrekkig – 's nachts worden de chauffeurs opgepept met *bhang** – maar de tickets zijn spot-

* Drank bereid op basis van cannabis, met stimulerend effect.

goedkoop. Minder dan honderd kilometer scheidt hen van de heilige stad. Vandaar zullen ze het station moeten vinden en een trein naar Madras nemen.

De dag breekt aan. Op de autoweg verdringen de vrachtwagens zich al met een beangstigend lawaai. Lalita trilt als een blad. Smita voelt dat ze bang is, het meisje is nog nooit zo ver van huis geweest. Na deze weg heerst het onbekende, de wereld, het gevaar.

Smita duwt de takken opzij die haar fiets bedekken: hij staat er nog. Maar het doosje dat ze had klaargezet ligt verderop in de greppel, kapotgebeten – buitgemaakt door een hond of uitgehongerde ratten. Er is weinig of niets van over... Ze zullen met een lege maag verder moeten. Ze hebben geen andere keus. Smita heeft geen tijd om nu nog eten te gaan halen. De vrouw van de brahmaan zal binnen afzienbare tijd de pot met rijst optillen voordat ze naar de markt vertrekt. Zal ze haar onmiddellijk verdenken? Zal ze haar man waarschuwen? Zullen ze meteen op zoek gaan? Nagarajan heeft vast al gemerkt dat ze weg zijn. Nee, ze hebben geen tijd om iets te eten te halen. Ze moeten verder. De fles water is nog intact – dan hebben ze tenminste nog íéts dat als ontbijt kan dienen.

Smita zet Lalita op de bagagedrager en stapt op haar fiets. Het meisje slaat haar armen om haar heupen en klampt zich aan haar vast als een bange gekko – zo'n groene hagedis die je zo vaak in de huizen ziet en waar kinderen gek op zijn. Smita wil haar niet laten voelen dat ze trilt. De Tata Trucks, waarvan er vele over de toch smalle weg rijden, zoeven hen met een oorverdovend lawaai voorbij. Regels bestaan hier niet: wie het grootst is heeft voorrang. Smita rilt en klemt het stuur vast om niet te vallen – een val zou een ramp betekenen. Nog even volhouden en ze zijn bij de NH56, die Lucknow met Varanasi verbindt.

Daar zitten ze nu langs de weg. Smita haalt een doekje over haar gezicht en dat van haar dochter. Ze zitten onder het stof. Al twee uur wachten ze op de bus. Zal hij vandaag wel langskomen? Aan vaste tijden doen ze hier niet; die bestaan vooral in theorie. Als het voertuig eindelijk komt aanrijden, snelt er een grote menigte op af. De bus zit al vol. Ze passen er nauwelijks meer bij. Sommigen besluiten op het dak te klimmen en reizen onder de blote hemel mee, steun zoekend aan de stangen aan de zijkant. Smita pakt Lalita's hand vast en het lukt haar min of meer om haar de bus in te hijsen. Ze vindt een half plekje voor hen beiden, helemaal achterin op de achterbank. Dat moet volstaan. Ze probeert nu in omgekeerde richting zich een weg terug te banen om haar fiets te pakken die ze buiten heeft laten staan. Dat is een gewaagde onderneming. Er verdringen zich tientallen mensen in het gangpad, sommigen hebben geen plek om te zitten, anderen schelden elkaar uit. Een vrouw heeft kippen bij zich, wat de woede van een van haar medepassagiers opwekt. Lalita begint te roepen terwijl ze door het raampje naar de fiets wijst: er is een man op gaan zitten die er snel vandoor gaat. Smita trekt bleek weg. Hem achternagaan betekent het risico lopen dat ze de bus zonder haar ziet wegrijden. De chauffeur heeft net de sleutel in het contact gestoken, de motor ronkt al. Ze kan niet anders dan haar plek weer opzoeken, met bloedend hart, terwijl ze het stuk schroot ziet vervagen dat ze lang geleden heeft gekocht en weer had willen verkopen om van de opbrengst te kunnen eten.

De bus komt in beweging. Lalita plakt haar gezicht tegen de achterruit om niets van de reis te missen. Plotseling veert ze op. 'Papa!'

Smita schrikt op en draait zich om: Nagarajan is op de weg en heeft het op een rennen gezet, achter de bus aan die net is gaan rijden. Smita voelt hoe de moed haar in de schoenen zakt. Haar man rent op hen af, met een ondefinieerbare uitdrukking op zijn gezicht. Spijt, wanhoop, tederheid? Hij loopt al snel een achterstand op, want de bus maakt vaart. Lalita begint te huilen, tikt op het raam, draait zich om naar haar moeder en smeekt om haar hulp.

'Mama, zeg dat we moeten stoppen!'

De bus laten stoppen is onmogelijk, weet Smita. Ze kan niet bij de chauffeur komen. Als dat haar al zou lukken, dan zou die weigeren vaart te minderen en te stoppen of hij zou hun verzoeken uit te stappen. Dat risico mag ze niet lopen. Het silhouet van Nagarajan wordt kleiner; al snel zal hij niet meer zijn dan een nietige stip in de verte. Toch geeft hij niet op en blijft vergeefs rennen. Lalita snikt. Haar vader verdwijnt ten slotte uit hun gezichtsveld. Misschien wel voor altijd. Het kind verstopt haar gezicht in haar moeders hals.

'Stil maar. Hij komt ons daarginds vast opzoeken.'

Smita's stem moet geruststellend klinken, alsof ze zichzelf van deze hypothese wil overtuigen. Niets is echter minder zeker. Dan vraagt ze zich af wat ze allemaal nog moeten opofferen, voordat ze hun reis hebben volbracht. Terwijl ze haar huilende dochter troost raakt ze de afbeelding van Vishnoe onder haar sari aan. Alles komt goed, zegt ze tegen zichzelf om rustig te worden. Hun weg is geplaveid met beproevingen, maar Vishnoe is vlakbij.

Lalita is in slaap gevallen. Haar tranen zijn opgedroogd en hebben wittige strepen over haar gezicht getrokken. Smita kijkt door het vuile raampje naar het landschap dat voorbijtrekt. Langs de berm van de weg geïmproviseerde hutjes, akkers, een tankstation, een school, wrakken van vrachtwagens, stoelen onder een eeuwenoude boom, een provisorische markt, verkopers die op de grond zitten, een verhuurder van flitsende brommertjes, een bouwvallige tempel, een meer, magazijnen, reclameborden, vrouwen in sari die manden op hun hoofd dragen, een tractor. Ze denkt bij zichzelf dat heel India hier samenkomt, aan de rand van deze weg, in een chaos zonder naam waar het oude en het moderne, het zuivere en het onzuivere, het wereldse en het heilige zich nonchalant vermengen.

Met drie uur vertraging – een in de modder vastgelopen vrachtwagen blokkeerde het verkeer – bereikt de bus eindelijk het busstation van Varanasi. Hij braakt onmiddellijk de lading mannen, vrouwen, kinderen, koffers, kippen en alles wat de passagiers nog boven, onder en tussen zich in hebben kunnen opstapelen uit. Er loopt zelfs een geit tussen, die door een man van het dak wordt gehaald. Lalita, die zich afvraagt hoe het beest daar terechtgekomen is, kijkt beduusd toe.

Zodra ze uit de bus gestapt zijn worden Smita en haar dochter gegrepen door de energie van de stad. Overal bussen, auto's, riksja's, vrachtauto's gevuld met pelgrims, die zich allemaal naar de Ganges en de Gouden Tempel spoeden. Varanasi is een van de oudste steden van de wereld. Men komt er om zijn ziel te zuiveren, te mediteren, te trouwen, maar ook om de as van zijn naasten te verstrooien en soms om er te sterven. Op de *ghats*, de traptreden langs de oevers die afdalen tot aan Moeder Ganga, zoals de rivier hier wordt genoemd, raken het leven en de dood elkaar, dag en nacht, in een onafgebroken dans.

Lalita heeft nog nooit zoiets gezien. Smita heeft vaak met

haar over deze stad gepraat, het pelgrimsoord waar haar ouders haar als kind mee naartoe namen. Ze hadden samen de Panchatirthi Yatra volbracht, een rondreis waarbij je op vijf heilige plekken in de rivier moet baden, in een vaste volgorde. Ze hadden hun bezoek afgesloten met zegeningen in de Gouden Tempel, zoals de traditie voorschrijft. Smita volgde haar ouders en haar broer; ze liet zich leiden. De reis had grote indruk op haar gemaakt, een blijvende herinnering achtergelaten. Vooral de Manikarnika-Ghat, gewijd aan de crematie van de doden, had haar geraakt. Ze herinnert zich nog de brandstapel waarop je het lichaam van een oude vrouw in het vuur kon zien liggen. Volgens de traditie was ze gewassen in de Ganges, daarna afgedroogd en vervolgens verbrand. Smita had met afgrijzen toegekeken hoe de eerste vlammen aan het dode lichaam lekten, waarna het gulzig werd verzwolgen met een hels geknetter. Vreemd genoeg leken de naasten van de overledene niet verdrietig: ze leken zich bijna te verheugen over de *moksha* van moeder en grootmoeder, haar verlossing. Sommigen praatten, anderen speelden kaart, er werd zelfs gelachen. In het wit geklede dalits werkten hier non-stop, dag en nacht – de crematies, hoe onrein ook, waren uiteraard aan hen voorbehouden. Ze moesten ook de enorme hoeveelheid hout voor de brandstapels aanvullen. Dat voerden ze per boot aan tot bij de ghat. Smita herinnert zich de immense bergen takken die langs de kade op hun beurt wachtten. Een paar meter verderop dronken koeien uit de rivier, onverschillig voor de taferelen die zich aan de oever afspeelden. Weer iets verderop gaven mannen, vrouwen en kinderen zich over aan de rituele wassing – de traditie schreef voor dat je je van top tot teen in de Ganges moest onderdompelen om je erin te reinigen. Anderen vierden huwelijksceremonies, uitbundig en kleurrijk, en hieven religieus of werelds gezang aan. Sommigen deden de vaat, of zelfs de was. Op sommige plaatsen was het water zwart, je vond er net zo goed drijvende bloemen, olielampen en offerandes van pelgrims op het wateroppervlak als in ontbinding rakende kadavers van beesten, of zelfs menselijke beenderen – na de crematies werd de as ritueel in de rivier uitgestrooid, maar talrijke families die niet de middelen hadden om een volledige lijkverbranding te bekostigen wierpen de lichamen van hun doden er half verkoold of soms zelfs nog volledig in.

Vandaag is er niemand die Smita leidt, ze heeft geen geruststellende hand die ze kan vastpakken, op die van haar dochter die achter haar aan loopt na. Ze zijn alleen te midden van de anonieme menigte van pelgrims en zoeken hun weg. Het treinstation bevindt zich in het centrum van de stad, ver van de plek waar de bus hen heeft afgezet.

In de straten bekijkt Lalita in vervoering de producten die in de etalages worden aangeprezen, het ene nog ongewoner dan het andere. Hier een stofzuiger, daar een citruspers, dan weer een badkamer, een wastafel, een bepaald type toilet. Dat heeft Lalita nooit gezien. Smita zucht, ze zou harder willen lopen, maar de nieuwsgierigheid van het kind vertraagt hun tempo. Ze komen een stoet schoolkinderen in bruine uniformen tegen, hand in hand. Smita vangt de jaloerse blik van haar dochter op, die naar hen blijft staren.

Eindelijk komt het station van Varanasi-Cantt in zicht. Op het plein ervoor waaiert een onstuimige menigte uit – het is een van de drukst bezochte stations van het land. Binnen in de hal spoedt een mensenstroom zich richting de loketten. Overal wachten mannen, vrouwen en kinderen staand, zittend of liggend. Geduldig, urenlang. Soms wel dagenlang.

Smita probeert zich een weg te banen terwijl ze de ronselaars ontwijkt. Profiterend van hun ontreddering of naïviteit troggelen die de toeristen een paar roepies af, in ruil voor weinig betrouwbare tips. Smita gaat in een van de vier rijen staan, die elk minstens honderd wachtende mensen tellen. Ze zullen geduld moeten hebben. Lalita vertoont tekenen van vermoeidheid. Ze hebben de hele dag gereisd, met een lege maag, om nog geen honderd kilometer af te leggen. Het moeilijkste moet nog komen, weet Smita.

Het is donker als ze eindelijk het loket bereikt. De medewerker van de spoorwegen kijkt verbaasd op wanneer ze om twee kaartjes naar Madras vraagt, voor vandaag. Kaartjes bestel je een paar dagen van tevoren, antwoordt hij, op het laatste moment zitten de treinen altijd vol. Heeft ze niet gereserveerd? De moed zakt Smita in de schoenen bij de gedachte dat ze de nacht hier door moet brengen, in de heilige stad, waar ze niemand kent. Het geld dat ze de brahmaan heeft afgepakt is net genoeg om er derdeklaskaartjes en iets te eten van te kopen, maar een pension bekostigen gaat nooit lukken, zelfs een slaapzaal niet. Smita dringt aan, ze moeten nu vertrekken, zo snel mogelijk. Ze legt er wat munten bij die eigenlijk voor hun maaltijd waren bedoeld. De medewerker slaat haar met een twijfelende blik gade en moppert iets. Hij loopt weg en keert terug met twee kaartjes voor de *sleeper class*, de goedkoopste klasse, in de trein van morgen. Meer kan hij niet voor hen doen. Later zal Smita horen dat die kaartjes worden verkocht aan wie ze maar wil – er geldt in die klasse geen beperking voor het aantal reizigers per wagon. Die zitten dan ook altijd overvol. De medewerker heeft haar goedgelovigheid gebruikt om haar een paar roepies afhandig te maken. Dat begrijpt ze later pas.

Lalita is uitgeput in haar armen in slaap gevallen. Onhandig baant Smita zich een weg op zoek naar een plek waar ze kunnen zitten. Overal op de perrons en in de stationshal maken mensen zich gereed voor de nacht. Ze installeren zich, gaan liggen, vallen in slaap – de gelukkigen dan. Smita gaat in een hoekje op de grond zitten, in de buurt van een in het wit geklede vrouw met twee jonge kinderen. Lalita wordt wakker. Ze heeft honger. Smita haalt de fles water tevoorschijn waar nog maar een bodempje in zit: dat is alles wat ze voor vanavond heeft. Het meisje begint te huilen.

De vrouw in het wit vlak bij hen geeft haar kinderen kaakjes. Ze kijkt naar Smita, die haar huilende meisje in haar armen heeft. Ze komt dichterbij en biedt aan om haar maal met hen te delen. Smita richt verrast haar blik naar haar op: ze is niet gewend dat mensen haar te hulp schieten. Ze heeft nog nooit gebedeld. Ondanks haar omstandigheden heeft ze altijd waardig geleefd. Voor zichzelf had ze het aanbod waarschijnlijk afgeslagen, maar Lalita is zo fragiel, zo dun: ze houdt de reis niet vol zonder te eten. Smita pakt de banaan en de kaakjes aan die de vrouw in het wit haar aanreikt en bedankt haar. Lalita valt er gulzig op aan. Bij een clandestiene verkoper heeft de vrouw gemberthee gekocht, waar ze Smita een paar slokken van aanbiedt. Die accepteert gretig: de hete, pittige thee doet haar goed. De vrouw – ze heet Lackshmama – begint een gesprek. Ze wil weten waar ze naartoe gaan, zo met z'n tweeën. Is er geen echtgenoot, vader of broer die hen kan vergezellen? Smita antwoordt dat ze naar Madras gaan – daar wacht haar echtgenoot op haar, liegt ze. Lackshmama en haar zoontjes zijn op weg naar Vrindavan, een stadje ten zuiden van Delhi dat bekendstaat als de 'stad van de witte weduwen'. Ze vertrouwt haar toe dat ze een paar maanden eerder haar man is verloren, hij overleed aan de griep. Na zijn dood is ze door haar schoonfamilie, bij wie ze inwoonde, verstoten. Bitter praat Lackshmama over het vreselijke lot dat weduwen hier treft. Ze worden vervloekt en krijgen er de schuld van dat ze de ziel van hun overleden man niet hebben kunnen redden. Ze worden er soms zelfs van beschuldigd dat ze de ziekte of dood van hun echtgenoot door hekserij hebben uitgelokt. Ze hebben geen enkel recht op een uitkering als hij door een ongeluk overlijdt, geen pensioen als hij in een oorlog wordt gedood. Alleen al hun blik brengt ongeluk, hun schaduw tegenkomen is een slecht voorteken. Ze mogen niet op huwelijken en feesten komen, zijn gedwongen zich schuil te houden, het wit van de rouw te dragen, boete te doen. Ze worden dikwijls door hun eigen familie op straat gezet. Lackshmama vertelt met afschuw over de wrede traditie van de *Sati*, die hen er vroeger toe veroordeelde zich te offeren op de brandstapel waarop hun echtgenoot was gecremeerd. De vrouwen die dat weigerden werden verstoten, geslagen of vernederd, soms met geweld in de vlammen geduwd door hun schoonfamilie of zelfs door hun eigen kinderen, die zo konden meeprofiteren van de erfenis. Voordat ze op straat worden gezet moeten weduwen hun sieraden afdoen en hun hoofd kaalscheren, zodat ze al hun aantrekkelijkheid verliezen voor mannen – ze mogen niet hertrouwen, ongeacht hun leeftijd. In provincies waar meisjes jong worden uitgehuwelijkt zijn sommige kinderen op vijfjarige leeftijd al weduwe en vervallen ze daardoor tot de bedelstaf.

'Zo is het, als je geen man meer hebt, heb je niks meer,' verzucht ze. Dat weet Smita: een vrouw heeft geen eigen bezittingen, alles behoort haar echtgenoot toe. Als ze trouwt geeft ze hem alles. Als ze hem verliest houdt ze op te bestaan. Lackshmama bezit niets meer, op een sieraad na dat ze bij haar huwelijk van haar ouders heeft gekregen en dat ze onder haar sari heeft weten te verstoppen. Ze herinnert zich die geluksdag, waarop ze in vol ornaat door haar jubelende familie naar de tempel werd gebracht voor de huwelijksvoltrekking. Ze was in weelde aan het huwelijk begonnen; het was in totale armoede geëindigd. Ze had liever gehad dat haar man haar had verlaten, geeft ze toe, of verstoten: dan had de maatschappij haar tenminste niet verbannen tot de rang van paria. Misschien hadden haar naasten nog een beetje medelijden getoond, terwijl ze nu slechts getuigden van minachting en vijandigheid. Ze was liever als koe geboren, dan was ze gerespecteerd. Smita durft niet tegen haar te zeggen dat ze ervoor heeft gekozen bij haar echtgenoot weg te gaan, om haar dorp en alles wat ze kende achter zich te laten. Terwijl ze naar Lackshmama luistert, vraagt ze zich af of ze geen vreselijke fout heeft begaan. De jonge weduwe bekent dat ze zich van het leven wilde beroven, maar dat ze daar uiteindelijk van afzag, uit angst dat haar schoonmoeder haar zoons zou vermoorden om de erfenis te kunnen houden, wat soms voorkomt. Ze verkoos de ballingschap in Vrindavan, met hen. Er wordt gezegd dat duizenden mensen daar hun toevlucht zoeken, in ashrams van de caritas, in 'weduwehuizen' of op straat. In ruil voor een kom rijst of soep zingen ze in de tempels gebeden tot Krishna, waarmee ze het minimum verdienen om van te kunnen overleven – één maaltijd per dag, ze hebben geen recht op meer.

Smita heeft naar de weduwe geluisterd zonder haar te onderbreken. Ze is niet veel ouder dan zij. Als ze naar haar leeftijd vraagt, antwoordt Lackshmama dat ze dat niet weet – maar ze denkt dat ze niet ouder is dan dertig. Haar gezicht is nog jong, denkt Smita, haar ogen zijn levendig, maar er spreekt een oneindig verdriet uit dat eeuwenoud lijkt.

Het moment breekt aan dat Lackshmama haar trein moet nemen. Smita bedankt haar voor het eten, belooft dat ze voor haar en haar kinderen zal bidden tot Vishnoe. Ze kijkt haar na terwijl ze naar het perron loopt, haar jongste zoon in haar armen en de andere aan haar hand. Een schamele tas als enige bagage. Als haar silhouet in de menigte vertrekkende reizigers verdwijnt, raakt Smita de afbeelding van Vishnoe onder haar sari aan en bidt dat hij haar vergezelt en beschermt op haar reis en in haar leven als balling. Ze denkt aan de miljoenen weduwen die in dezelfde omstandigheden verkeren, in de steek gelaten en berooid, vergeten in dit land dat bepaald niet om vrouwen geeft, en is plotseling dankbaar voor wie ze is. Smita, een geboren dalit, dat wel, maar onverzettelijk, ongebroken, overeind gebleven. Met een beter leven dat haar wacht. Misschien.

'Ik was liever niet geboren,' vertrouwde Lackshmama haar toe voordat ze verdween.

Giulia

Palermo, Sicilië

Toen Giulia haar moeder en zussen meedeelde dat het atelier geruïneerd was, begon Francesca te huilen. Adela zei niets – zij legt tegenover alles een voor pubers typerende onverschilligheid aan de dag, alsof het haar niet aangaat. Mamma zweeg aanvankelijk, maar brak toen. Zij die gewoonlijk zo vroom, zo godvrezend is, beschuldigde God ervan dat die zich tegen hen keerde. Eerst haar man, nu ook hun atelier... Wat hebben ze misdaan, welke zonde hebben ze op hun geweten om zo gestraft te worden?! Wat moet er van haar kinderen worden? Adela zit nog op school. Francesca heeft geen rijke man getrouwd en kan ternauwernood haar kroost van al het nodige voorzien. Wat Giulia zelf betreft: dit beroep, dat haar vader haar heeft geleerd, is het enige wat ze kan. De vader die er vandaag niet eens is...

Mamma huilt die nacht uren aan één stuk door. Om haar man, om haar dochters, om dit huis dat haar zal worden afgenomen – om zichzelf huilt ze nooit. Bij de eerste zonnestralen krijgt ze een idee: Gino Battagliola is al jaren verliefd op Giulia. Hij droomt ervan om met haar te trouwen. Dat is voor niemand een geheim. Zijn familie heeft geld en kapsalons door het hele land. Zijn ouders hebben altijd blijk gegeven van oprechte vriendschap jegens de Lanfredi's. Misschien stemmen zij ermee in de hypotheek van het familiebedrijf over te nemen? Daar kan het atelier niet mee worden gered, maar dan houden ze tenminste een dak boven hun hoofd. Dan zijn haar dochters onder de pannen. Ja, dat huwelijk wordt hun redding, denkt mamma.

Als ze het idee aan Giulia voorlegt, verwerpt die het heftig. Nooit zal ze de vrouw van Gino Battagliola worden. Ze slaapt nog liever op straat! Hij is niet kwaad, er valt hem niets te verwijten, maar hij is saai en kleurloos. Ze ziet hem vaak op het atelier. Met zijn slungelachtige houding en zijn rechtopstaande haar lijkt hij op zo'n licht belachelijke figuur uit de film die haar vader zo goed vond: *I mostri* van Dino Risi.

Hij is een goede partij, begint haar moeder weer. Gino is aardig en hij heeft geld. Het zal Giulia aan niets ontbreken, dat staat vast. Aan niets behalve aan het belangrijkste, antwoordt ze. Ze weigert zich te onderwerpen, zich op te sluiten in een kooi met blinkende tralies. Ze wil geen leven van conventies en uiterlijkheden. Dat hebben er zoveel, zegt mamma. Inderdaad, zegt Giulia.

Haar moeder was gelukkig in haar huwelijk, hoewel ze haar verloofde niet echt zelf had uitgekozen. Nog ongetrouwd op haar dertigste had ze uiteindelijk het aanzoek geaccepteerd van Pietro Lanfredi, die haar het hof maakte. De liefde was met de jaren gegroeid. Ondanks zijn opvliegende temperament was Giulia's vader een goede man, die haar hart had weten te winnen. Zo zou het bij haar misschien ook gaan.

Giulia sluit zich boven in haar kamer op. Ze kan zich onmogelijk tot deze keuze laten overhalen. De huid van Kamal gloeit, ze wil niets anders. Ze weigert in een kil bed te stappen, tussen ijskoude lakens, zoals de heldin uit de Sardijnse roman die haar erg had geraakt, *Mal di pietre*: als ze de hoop heeft verloren ooit te gaan houden van de man met wie ze getrouwd is, dwaalt ze door de straten op zoek naar haar verloren minnaar. Giulia wil geen doods bestaan. Ze herinnert zich de woorden van Nonna: *Doe wat je wilt, mia cara, als je maar niet trouwt.*

Maar welke oplossing dan? Gaat ze accepteren dat haar moeder en zussen op straat moeten leven? Het leven is wreed, denkt ze bij zichzelf, omdat het het lot van haar hele familie op haar schouders laat rusten.

Die dag heeft ze niet de moed om Kamal, die op haar wacht, op te zoeken. Zonder goed te weten waarom loopt ze naar het kerkje waar haar vader zo van hield – ze trilt bij het besef dat ze over hem in de verleden tijd begint te denken. Hij leeft nog, vermaant ze zichzelf.

Hoewel ze nooit bidt, heeft ze er vandaag behoefte aan de stilte op te zoeken. Op dit uur van de dag is de kapel volkomen verlaten. Er heerst een gedempte, stille sfeer, waardoor het voelt alsof je je buiten de wereld bevindt, of juist in het hart ervan. Is het de koelte, de lichte wierookgeur, de zachte echo van haar voetstappen op de stenen? Giulia houdt haar adem in; als kind al raakte ze ontroerd als ze een kerk binnenging, alsof ze een heilig, mysterieus gebied betrad, vervuld van een eeuwenoude ziel. Er branden een paar kaarsen, altijd. Ze vraagt zich af wie er te midden van de onrust in de wereld tijd heeft om op die kortstondig brandende vlammetjes te letten.

Ze werpt een muntje in de kist voor giften die bestemd is voor de kerkelijke bijdrage en pakt een kaarsje, dat ze tussen de andere op de standaard op het stellinkje plaatst. Ze steekt het aan en sluit haar ogen. Zachtjes begint ze te bidden. Ze vraagt God haar haar vader terug te geven, haar de kracht te geven dit leven te aanvaarden waarvoor ze niet heeft gekozen. De Lanfredi's krijgen heel wat voor hun kiezen, denkt ze bij zichzelf.

Er is een wonder voor nodig om hen erbovenop te helpen.

Maar wonderen bestaan niet in dit leven, weet Giulia. Die gebeuren in de Bijbel of in de verhalen die ze als kind las. Ze gelooft niet meer in sprookjes. Het ongeluk van haar vader heeft haar bruusk in de volwassen wereld doen belanden. Ze was er niet klaar voor. Het was zo fijn om de jeugd nog wat te rekken, als een warm bad waar je niet uit wilt stappen. Het volwassen leven is nu aangebroken, en het is behoorlijk hard. De droom is ten einde.

Dat huwelijk is de enige oplossing. Giulia heeft de kwestie van alle kanten bekeken. Gino zal de hypotheek die op het huis rust overnemen. Het atelier is dan wel opgegeven, maar haar familie blijft tenminste gespaard. Dat is wat haar moeder zegt en wat papa had gewild. Dat argument trekt Giulia over de streep.

Nog die avond schrijft ze Kamal. Op papier klinken de woorden minder wreed, denkt ze. In haar brief bericht ze hem over het atelier, over de dreiging die haar familie boven het hoofd hangt. Ze vertelt hem dat ze gaat trouwen.

Uiteindelijk hebben ze elkaar niets beloofd. Ze heeft zich nooit een toekomst met hem voorgesteld, ze heeft nooit gedacht dat deze relatie lang zou duren. Ze hebben niet dezelfde achtergrond, niet dezelfde god, niet dezelfde tradities. Toch passen hun lijven zo goed bij elkaar. Kamals lichaam sluit perfect aan op het hare. Bij hem voelt Giulia meer dan ooit dat ze leeft. Dat hevige verlangen dat haar in zijn greep houdt verwart haar, houdt haar 's nachts uit haar slaap, is de reden dat ze iedere ochtend rillend opstaat en elke dag weer naar hem toe gaat. Deze man, die ze nog maar pas heeft ontmoet en over wie ze weinig of niets weet, brengt haar van haar stuk zoals niemand dat ooit heeft gedaan.

Het is geen liefde, zegt ze tegen zichzelf in een poging zichzelf ervan te overtuigen. Het is iets anders. Ik moet ermee ophouden.

Ze weet niet eens waar ze haar brief naartoe moet sturen. Ze weet niet waar hij woont. Hij deelt een kamer met een andere arbeider, heeft hij een keer tegen haar gezegd, in een buitenwijk. Het maakt niet uit, Giulia laat hem achter in de grot waar ze elkaar steeds hebben ontmoet. Ze laat hem achter onder een schelp, vlak bij de rots waar ze zo vaak in elkaars armen hebben gelegen.

Hun verhaal eindigt hier, zegt ze tegen zichzelf: een beetje toevallig, zoals het is begonnen.

Die nacht kan Giulia niet slapen. De slaap is ze diep in de bureaula op papa's kantoor verloren. Ze ziet de uren verstrijken. Haar nachten zijn doorwaakt, beangstigend alsof de dag nooit meer zal aanbreken. Ze heeft niet eens de puf om te lezen. Bewegingloos blijft ze liggen, als een steen, gevangen in het donker.

Ze zal de arbeidsters moeten vertellen dat het atelier gesloten wordt. Ze weet dat die taak op háár schouders rust – op haar zussen en haar moeder kan ze niet rekenen. Ze zal deze vrouwen die meer zijn dan collega's, die vriendinnen zijn, moeten ontslaan. Er is niets wat hun ellende kan verzachten, alleen gedeelde bittere tranen. Ze weet wat het atelier voor elk van hen betekent. Sommigen hebben hier hun hele leven gesleten. Waar moet Nonna naartoe? Wie zal haar nog aannemen? Alessia, Gina en Alda zijn de vijftig gepasseerd, een kritieke grens voor de arbeidsmarkt. Wat gaat Agnese doen, die alleen is met haar kinderen sinds haar man haar liet zitten? En Federica, die haar ouders niet meer heeft om haar te helpen? Giulia heeft geprobeerd dit moment voor zich uit te schuiven, zoals je een operatie uitstelt waarvan je weet dat die pijn zal veroorzaken. Toch moet ze het aangaan. Morgen moet ik met ze praten, zegt ze tegen zichzelf. Die gedachte grijpt haar naar de keel en houdt haar uit haar slaap.

Tegen twee uur 's nachts gebeurt het.

Er ketst een steentje tegen haar raam.

Giulia schrikt op, ontwaakt uit de sluimer waar ze uiteindelijk in terecht was gekomen. Het geluid klinkt nog een keer. Ze loopt naar het raam: beneden op straat staat Kamal. Hij richt zijn blik naar haar op. Met haar brief in zijn hand roept hij haar: 'Giulia! Kom naar beneden! Ik moet met je praten!'

Giulia gebaart dat hij stil moet zijn. Ze is bang dat haar moeder wakker wordt, of de buren – ze slapen licht. Maar Kamal gaat niet weg. Hij dringt aan. Hij wil met haar praten. Giulia kleedt zich ten slotte aan. Ze gaat vlug de trap af, de straat op.

'Je bent gek,' zegt ze tegen hem. 'Je bent gek dat je hierheen komt.'

Dan voltrekt het wonder zich.

Sarah

Montreal, Canada

Het begint geniepig. Eerst is het een vergadering waarvoor men vergeet haar uit te nodigen. 'We wilden je niet storen,' zou de partner in kwestie later zeggen.

Daarna is het een zaak waarover niet met haar wordt gesproken. 'Je hebt op dit moment al genoeg aan je hoofd.' Allemaal zinnetjes waarin een zweem van medeleven doorklinkt. Je zou er bijna in gaan geloven. Sarah wil niet omzichtig behandeld worden, ze wil blijven werken, voor vol aangezien worden, net als altijd. Ze weigert te worden ontzien. Toch voelt ze dat ze sinds kort minder bij de gang van zaken op kantoor wordt betrokken, bij de besluiten die worden genomen, bij de behandeling van de dossiers. Er zijn dingen die men vergeet haar te zeggen, vragen die aan een ander worden gericht.

Sinds bekend is dat ze ziek is gaat het Curst op kantoor voor de wind. Sarah ziet hem vaker met Johnson praten, om zijn grapjes lachen, met hem mee gaan lunchen. En Inès: die neemt initiatieven, staat zich steeds meer vrijheden toe in de zaken die ze behandelt, zonder Sarah te raadplegen. Als die haar op de vingers tikt, antwoordt de junior met een valse uitdrukking van spijt dat zij, Sarah, er niet was, of dat ze niet bereikbaar was – dat wil zeggen: dat ze in het ziekenhuis was. Inès profiteert van haar afwezigheid om in haar plaats beslissingen te nemen, om haar eigen zegje te doen tijdens vergaderingen. Ze trekt de laatste tijd erg naar Curst toe, is zelfs met roken begonnen, met als enige doel, denkt Sarah, samen met haar nieuwe mentor een rookpauze te nemen. Je weet maar nooit, misschien valt er wel een promotie in de wacht te slepen...

In het ziekenhuis is Sarah met haar behandeling begonnen. Ondanks het advies van de oncoloog weigert ze vrije dagen op te nemen. Wegblijven betekent haar plek opgeven, haar territorium verlaten – er staat te veel op het spel. Ze moet volhouden, koste wat het kost. Elke ochtend komt ze dapper haar bed uit om te gaan werken. Ze laat zich door de kanker niet afnemen wat ze in al die jaren heeft opgebouwd. Ze gaat als een leeuw vechten om haar domein te behouden. Die gedachte houdt haar op de been, geeft haar de kracht, de *guts* en energie die ze nodig heeft.

De oncoloog heeft haar wel gewaarschuwd: de behandeling zal zwaar zijn en de bijwerkingen nog zwaarder. Hij heeft voor haar een lijst gemaakt waarop staat wanneer ze misselijk wordt en wat de gevolgen zijn voor haar haar, haar nagels, haar wenkbrauwen, haar huid, haar handen en voeten. Wat ze tijdens haar maandenlange behandeling dag na dag kan verwachten. Met wel tien recepten ging Sarah de deur uit, voor elke bijwerking één.

Waar hij het niet over had en waar niemand over is begonnen is de bijwerking die nog hinderlijker is dan het handen-voetensyndroom, nog akeliger dan de misselijkheid of de wazigheid die haar soms overvalt. De bijwerking waar ze niet op voorbereid was en waar geen enkel recept tegen helpt is de buitensluiting die met de ziekte gepaard gaat, de langzame, pijnlijke uitsluiting waar ze het slachtoffer van is geworden.

In het begin wil Sarah niet ter sprake brengen wat er op kantoor gebeurt. Ze negeert de 'vergeetachtigheid' van haar collega's en de onverschilligheid die sinds kort uit de blik van Johnson spreekt. In wezen is die term verkeerd gekozen, het is eerder een vorm van afstand, een vreemde verkilling in de manier waarop ze met elkaar omgaan. Er verstrijken een paar weken van afspraken waar ze niet vanaf wist, vergaderingen waarvoor ze niet werd uitgenodigd, dossiers die niet op haar bureau terechtkwamen en cliënten die niet aan haar zijn voorgesteld voordat ze het zeker weet: ze is op een zijspoor gezet.

Die daad van agressie heeft een naam die ze maar moeilijk over haar lippen krijgt: discriminatie. Een woord dat ze tijdens haar processen wel honderd keer heeft gehoord en dat nooit werkelijk met haar te maken had – dat dacht ze tenminste. Toch kende ze er de definitie van uit het hoofd: *elke vorm van onderscheid tussen personen op basis van afkomst, geslacht, familieomstandigheden, zwangerschap, uiterlijk, achternaam, gezondheidstoestand, handicap, genetische kenmerken, gewoontes, seksuele voorkeur of identiteit, leeftijd, politieke opvattingen, vakbondslidmaatschap of het al dan niet – werkelijk of vermeend – behoren tot een bepaalde etniciteit, natie, religie of een bepaald ras.* Het begrip wordt soms geassocieerd met de term 'stigmatisering', volgens de definitie van socioloog Erving Goffman een *kenmerk dat een individu anders maakt dan de categorie waartoe men hem gewoonlijk rekent.* Een individu dat daarmee behept is wordt dus *gestigmatiseerd* en onderscheidt zich van de anderen, die Goffman 'normaal' noemt.

Nu weet Sarah het: ze is gestigmatiseerd. Ze ziet in dat zieken en zwakken in deze maatschappij, die jeugdigheid en vitaliteit verheerlijkt, geen plaats hebben. Zij die tot de wereld van de machtigen behoort tuimelt naar beneden, is bezig van kamp te wisselen.

Wat kan ze daartegen beginnen? Tegen de ziekte weet ze hoe ze moet vechten, daar heeft ze wapens voor, behandelingen en artsen die haar bijstaan. Maar wat doe je tegen uitsluiting? Ze zijn bezig om haar er langzaam maar zeker uit te werken, haar in een kast op te bergen. Wat kan ze doen om dat proces te keren?

Vechten, maar hoe? Johnson & Lockwood aanklagen wegens discriminatie? Dat houdt in dat ze ontslag moet nemen. Als ze zelf opstapt, zal ze geen enkele tegemoetkoming krijgen, is er geen enkel sociaal vangnet. Ergens anders werk vinden? Wie gaat haar aannemen met haar kanker? Voor zichzelf beginnen? Een verleidelijk vooruitzicht, maar daar zijn investeringen voor nodig. Banken lenen alleen aan mensen met een goede gezondheid, dat weet ze. En bovendien: welke cliënten zouden er met haar meegaan? Ze zou hun niets kunnen beloven, zelfs niet dat ze er over een jaar nog is om hun belangen te verdedigen.

Ze herinnert zich het vreselijke geval van een vrouw die als secretaresse in een medische praktijk werkte en een paar jaar geleden door een van haar collega's werd verdedigd. Omdat ze aan hoofdpijnen leed had ze de arts voor wie ze werkte in vertrouwen genomen. Die had haar vervolgens onderzocht. Toen de uitslag van het onderzoek binnen was, had hij haar diezelfde avond bij zich geroepen om haar haar ontslag aan te zeggen: ze had kanker. Uiteraard waren de aangevoerde redenen 'economisch van aard', maar daar trapt natuurlijk niemand in. De procedure had drie jaar geduurd; de vrouw werd uiteindelijk in het gelijk gesteld. Korte tijd later overleed ze.

De agressie die Sarah treft is milder. Onopvallender. Ze is geniepiger, en bovendien lastig te bewijzen. Maar ze is er wel degelijk.

Op een ochtend in januari roept Johnson haar bij zich op zijn kantoor op de bovenste verdieping. Hij vraagt hoe het met haar gaat, zogenaamd meelevend. Met Sarah gaat het goed, bedankt. Met de chemo bezig, ja. Dan begint hij over een verre neef, twintig jaar geleden behandeld voor een tumor en nu kerngezond. Sarah kan ze missen als kiespijn, al die genezingsverhalen waarmee mensen op de proppen komen en die ze als kluiven in haar gezicht slingeren. Dat verandert voor haar niets. Ze zou hem willen antwoorden dat haar moeder eraan is overleden, dat ze zelf zo ziek is als een hond, dat hij zijn valse medelijden voor zich kan houden. Hij weet niet wat het is: zoveel aften in je mond hebben dat je niet kunt eten, je voeten zo voelen branden dat je aan het eind van de dag niet meer kunt lopen, zo uitgeput zijn dat de kleinste trap je een onmogelijke opgave lijkt. Achter zijn valse medeleven kan het hem niets schelen dat je over een paar weken geen haar meer hebt, dat je lichaam zo mager is dat je schrikt als je in de spiegel kijkt, dat je overal bang voor bent, bang om te lijden, bang om te sterven, dat je 's nachts niet meer slaapt, dat je drie keer per dag overgeeft, dat je je op sommige ochtenden afvraagt of je wel op je benen kunt staan. Hij kan dus barsten met zijn goede geweten. En zijn neef ook.

Zoals altijd blijft Sarah beleefd.

Johnson komt tot de kern: voor het dossier-Bilgouvar wil hij haar een partner toewijzen. Sarah kan van verbijstering niets uitbrengen. Het duurt even voordat ze protesteert. Bilgouvar is al jaren haar klant, ze heeft niemand nodig om zijn belangen te behartigen. Johnson zucht en begint dan over die vergadering, de enige vergadering waarop ze te laat kwam – ze was heel vroeg opgestaan voor een onderzoek in het ziekenhuis vóór werktijd. Het MRI-apparaat haperde – pech, dat gebeurt eens in de drie jaar, had de technicus verontschuldigend gezegd. Sarah had zich gehaast om de vertraging in te lopen en was buiten adem binnengekomen op de vergadering, die net was begonnen. Natuurlijk heeft Johnson geen boodschap aan dit alles, interesseert Sarahs uitleg hem niets, is al die omhaal zonde van de moeite. Gelukkig was Inès er, merkt hij op. Altijd op tijd, een voorbeeld. En dan die keer dat Sarah onwel werd tijdens een zitting, die daardoor uitgesteld moest worden. Hij doet poeslief tegen haar – met een stem die ze verafschuwt – en zegt dat hij-begrijpt-dat-ze-medische-verplichtingen-heeft, dat iedereen-hier-hoopt-dat-ze-zo-goed-en-zo-snel-mogelijk-herstelt, daar is Johnson goed in, in kant-en-klare formules, in holle frases. Volgens hem kan-Sarah-wel-wat-ondersteuning-gebruiken, want dat is waar-dit-advocatenbureau-in-de-kern-voor-staat: teamwork. Om haar in deze moeilijke tijd bij te staan krijgt ze assistentie van... Gary Curst.

Als Sarah niet had gezeten was ze omgevallen.

Alles, alles zou ze liever hebben dan wat zich op dit moment afspeelt.

Ze zou liever op staande voet ontslagen worden. Ze zou liever een klap krijgen, beledigd worden, dan was het tenminste duidelijk. Alles liever dan te worden afgeserveerd, dan deze langzame, onverdraaglijke moord. Ze voelt zich net een stier in de arena die naar de slachtbank wordt geleid. Ze weet dat het geen zin heeft om in opstand te komen. Geen van de argumenten die ze kan aanvoeren zal de gang van zaken veranderen. Haar lot is bezegeld, daar heeft Johnson over beslist. Nu ze ziek is kan hij haar niet meer gebruiken. Ze is een kracht waarop hij niet meer wil rekenen.

Voor Curst is het dossier-Bilgouvar spekkie voor z'n bekkie. Hij gaat haar grootste klant afpakken. Dat weet Johnson. Samen zijn ze bezig haar in stukken te hakken terwijl ze diep in de ellende zit. Sarah zou om hulp willen roepen. Net als bij de spelletjes van haar kinderen zou ze willen schreeuwen: 'Houd de dief!' Maar dan zou ze tegen de muren brullen. Niemand zal haar horen, niemand zal haar te hulp schieten. De rovers zijn goed gekleed, het valt niet op, het lijkt zelfs allemaal heel fatsoenlijk. Het is chic geweld, geparfumeerd geweld, geweld in driedelig grijs.

Hij krijgt zijn zin, Gary Curst. Met de zaak-Bilgouvar wordt hij de belangrijkste partner van het kantoor, een gedroomde opvolger voor Johnson. Hij is tenminste niet ziek, niet zwak, hij is in topvorm, als een vampier die zich tegoed heeft gedaan aan andermans bloed.

Aan het eind van het gesprek kijkt Johnson Sarah meewarig aan en wrijft haar in: 'Je ziet er moe uit. Ga naar huis om wat uit te rusten.'

Geschokt loopt Sarah terug naar haar kantoor. Dat ze klappen zou krijgen wist ze, maar deze hier had ze niet verwacht. Een paar dagen later, als het nieuwtje naar buiten komt, is ze niet eens verbaasd: Curst is benoemd tot managing partner. Hij volgt Johnson op als hoofd van het kantoor. De benoeming kondigt het einde aan van Sarahs carrière.

Die dag komt ze halverwege de middag thuis. Dat is een tijdstip dat ze niet kent, een tijdstip waarop het huis leeg is. Alles is er stil. Ze gaat op haar bed zitten en begint te huilen, denkt aan de vrouw die ze is geweest en die ze gisteren nog was: een sterke, wilskrachtige vrouw die haar plek had in de wereld, en ze denkt bij zichzelf dat de wereld haar vandaag in de steek heeft gelaten.

Er is nu niets meer wat haar val in de weg staat.

De neergang is begonnen.

Die ochtend brak een van de draden.
Dat gebeurt maar zelden.
En toch gebeurde het.

Het is een ramp, een aardverschuiving
op microscopische schaal,
die het werk van vele dagen tenietdoet.

Dan denk ik aan Penelope
Die elke dag onvermoeibaar herstelt
wat ze tijdens de nacht lostrekt.

Ik moet helemaal opnieuw beginnen.

Het model wordt mooi, die gedachte troost me.
Niet de draad verliezen,
Ik moet me eraan vastklampen.

Opnieuw beginnen en verdergaan.

Smita

Varanasi, Uttar Pradesh, India

Smita wordt met een schok wakker op het perron waar ze was ingedut, met Lalita opgerold tegen zich aan. De eerste zonnestralen van de dag dienen zich aan. Honderden mensen hebben het op een rennen gezet, ze sleuren hun spullen met zich mee in de richting van een trein die net is aangekomen. Driftig schudt ze het meisje wakker.

'Kom! De trein is er! Vlug!'

Haastig grist ze hun spullen bij elkaar – ze heeft op hun tas geslapen om te voorkomen dat hij gestolen wordt. Ze pakt Lalita's hand en spoedt zich naar de derdeklaswagons. Het is een ware hectiek op het perron, een mensenzee, er wordt geduwd, mensen verdringen zich, vertrappen elkaar. '*Tchalo, tchalo!*' wordt er overal geschreeuwd. Doorlopen, doorlopen! Smita pakt de handgreep van de treindeur beet, het gedrang is hevig, ze klemt zich eraan vast. Ze probeert eerst Lalita naar binnen te krijgen, bang als ze is dat het kleine meisje stikt tussen de gejaagde reizigers. Plotseling gegrepen door twijfel draait ze zich om naar de broodmagere man naast haar. 'Is dit de trein naar Madras?' gilt ze.

'Nee!' antwoordt hij. 'Hij gaat naar Jaipur. Je moet de borden niet vertrouwen,' voegt hij eraan toe, 'die kloppen vaak niet.'

Smita trekt Lalita, die al bijna in de wagon staat, weer mee en keert terug terwijl ze zich met grote moeite een weg baant door de mensenmassa, als een zalm die tegen de stroom in zwemt.

Na veel heen-en-weergeloop, tegenstrijdige informatie en een vergeefse poging om bij een agent informatie in te winnen vinden Smita en Lalita eindelijk de trein met bestemming Madras. Ze stappen in de blauwe wagon van de sleeper class. Het is een treinstel zonder airconditioning, waar het comfort te wensen overlaat en het wemelt van de kakkerlakken en muizen. Ze wurmen zich met moeite in de overvolle coupé en vinden een piepklein plekje op een houten bankje. Er zitten al zo'n twintig mensen opeengepakt op die paar vierkante meter. Daarboven worden de bagagerekken bezet door mannen en vrouwen die hun benen in de ruimte laten bungelen. Het wordt een lange rit: ze moeten zo meer dan tweeduizend kilometer afleggen. Hun trein is een stoptrein, minder duur dan de sneltrein. Hij stopt overal en rijdt langzaam. India doorkruisen, wat een dwaas plan, denkt Smita bij zichzelf. De hele mensheid reist hier op een kluitje op elkaar, ze raken bekneld en uitgeput in die wagons van de goedkoopste klasse. Overal families, baby's, oudjes die op de grond zitten of staan, zo dicht op elkaar dat ze niet meer kunnen bewegen.

De eerste uren van de reis verlopen zonder moeilijkheden. Lalita slaapt, Smita dommelt half weg, zonder te dromen. Plotseling wordt het kind wakker, omdat ze nodig naar de wc moet. Smita begint zich samen met haar een weg te banen naar het eind van de wagon. De onderneming is gewaagd, het is moeilijk om niet op de vele reizigers op de grond te trappen. Ook al is ze voorzichtig, toch trapt ze op iemand, die haar woedend uitscheldt.

Als ze voor de wc-deur staan blijkt die op slot te zitten. Smita probeert hem te openen, geeft er een paar klappen op. ‘Dat helpt niet,’ roept een oude tandeloze vrouw die op de grond zit, haar huid is getaand als perkament, ‘ze zitten daar al urenlang opgesloten. Een hele familie die een plekje zocht om te zitten en te slapen. Ze komen er niet uit voordat de reis voorbij is,’ zegt ze tegen hen. Smita trommelt op de deur, nu eens dwingend, dan weer smekend. ‘Het heeft geen zin om je hees te schreeuwen,’ voegt het oudje eraan toe, ‘dat hebben anderen al geprobeerd.’

‘Mijn dochter moet echt heel nodig,’ fluistert Smita. Het tandeloze oudje wijst naar een hoek van de coupé: dan moet ze het daar doen. Of wachten tot de volgende stop. Lalita lijkt verlamd; ze wil haar behoefte niet doen voor het oog van de andere reizigers. Met haar zes jaar heeft ze al een sterk gevoel van waardigheid. Smita maakt haar duidelijk dat ze geen keus heeft. Ze kunnen het niet riskeren om bij de volgende korte stop uit te stappen. Bij het vorige station kwam er een gezin vast te zitten – het hele perron stond vol mensen en daardoor kwamen ze de trein niet meer in. Hij vertrok zonder hen en liet ze *in the middle of nowhere* achter, op dat onbekende station, zonder bagage.

Lalita schudt haar hoofd. Ze houdt het liever op. Over een uur of twee is er een langere stop, in Jabalpur. Ze houdt het wel vol tot die tijd.

Wanneer ze naar hun bankje teruglopen, komt er een walmende stank de coupé in: de geur van urine en uitwerpselen.

Dat is zo bij elk station waar de trein stopt – de inwoners van de stad hebben de gewoonte vlak bij het spoor hun behoefte te doen. Smita kent deze lucht goed, die is overal hetzelfde, hij kent geen onderscheid, trekt zich niets aan van stand, kaste of rijkdom. Ze is eraan gewend maar houdt haar adem in, zoals ze dat zo vaak deed op haar ronde. Ze trekt een sjaal over haar neus en die van haar dochter.

Dat nooit meer. Dat heeft ze zich voorgenomen. Om niet meer zonder lucht te leven. Om eindelijk vrij en waardig te kunnen ademen.

De trein vertrekt weer. De vieze stank trekt weg en maakt plaats voor de minder penetrante maar ook misselijkmakende geur van zwetende, tegen elkaar geplakte lichamen. Het is bijna twaalf uur 's middags, de warmte is moeilijk te verdragen in de overvolle coupés waar een eenvoudige ventilator de walmende stank laat circuleren. Smita laat Lalita drinken en neemt zelf ook een paar slokjes.

De dag voltrekt zich in een klamme, versufte sfeer. Sommigen poetsen midden in de coupé hun schoenen. Anderen kijken door de openstaande deur naar het landschap of drukken zich tegen de tralies van de raampjes in de hoop een beetje frisse lucht binnen te krijgen, terwijl er alleen maar een vlaag tropische lucht doorheen komt. Een man ijsbeert door de trein terwijl hij gebeden opzegt en bij wijze van zegening water over de hoofden van de reizigers giet. Een bedelaar veegt de vloer van de wagon en vraagt om kleingeld voor zijn inzet. Wie het maar horen wil vertelt hij zijn droevige verhaal. Hij was met zijn familie op het land aan het werk, in het noorden, toen rijke boeren zijn vader kwamen zoeken, die hun nog geld verschuldigd was. Ze sloegen hem neer, braken zijn ledematen en staken zijn ogen uit, waarna ze hem voor het oog van zijn familie aan zijn voeten ophingen. Smita foetert de bedelaar uit: hij moet maar ergens anders gaan vegen, er zitten hier kinderen.

Naast haar vertelt een mollige vrouw die baadt in het zweet dat ze naar de tempel van Tirupati gaat om er een offerande aan te bieden. Smita ontwaakt uit haar versufte toestand. De zoon van de vrouw was ziek, in de ogen van de artsen was hij opgegeven. Een medicijnman raadde haar aan een offer te gaan brengen in de tempel en haar zoon genas. Nu gaat ze Vishnoe voor dit wonder bedanken door voedsel en bloemenkransen bij zijn beeltenis neer te leggen. Daarvoor heeft ze een tocht van duizenden kilometers ondernomen. Ze klaagt wel over de reisomstandigheden. 'Maar het is niet anders,' relativeert ze. 'God beslist hoe moeilijk de weg die naar Hem leidt moet zijn.'

De nacht breekt aan. In de wagon treft men voorbereidingen om iets van nachtrust te vinden. De houten bankjes veranderen in couchettes. Maar gemakkelijk slapen is anders. Smita dommelt op een zeker moment in, dicht tegen Lalita aan, vlak bij de gezette vrouw. Ze denkt weer aan wat ze zelf aan Vishnoe heeft beloofd voordat ze aan deze reis begon. Ze moet woord houden, zegt ze tegen zichzelf.

Daarom neemt ze midden in de nacht een besluit, op die houten couchette, ergens tussen de deelstaten Chhattisgarh en Andhra Pradesh: morgen reizen Lalita en zij niet door naar Madras, zoals ze van plan was. Wanneer de trein op het station van Tirupati stopt, stappen ze uit en gaan ze naar de heilige berg om hun godheid te eren. Met die gedachte valt Smita, plotseling rustiger geworden, in slaap: Vishnoe wacht op hen.

Haar God is vlakbij.

Giulia

Palermo, Sicilië

Giulia is naar Kamal toe gegaan, op straat, midden in de nacht. Ze is opeens nerveus nu ze tegenover hem staat. Wat komt hij haar zeggen? Dat hij van haar houdt? Dat hij niet wil dat hun wegen zich scheiden? Hij gaat vast en zeker proberen haar tegen te houden, verhinderen dat ze halsoverkop in het huwelijk treedt. Giulia verwacht omhelzingen, een hartverscheurend afscheid, zoals in de romantische tv-series waar mamma de hele dag naar kijkt... Maar ze zullen elkaar toch moeten loslaten.

Maar Kamal is niet huilerig, niet eens emotioneel. Eerder opgewonden, ongeduldig. In zijn ogen schittert een vreemde glans. Hij praat zacht en snel, zoals je een geheim onthult.

'Misschien heb ik de oplossing,' zegt hij, 'voor het atelier.'

Zonder verdere uitleg pakt hij haar hand en neemt haar mee naar zee, naar de grot waar ze altijd afspreken.

In het donker kan Giulia zijn gezicht moeilijk zien. Hij heeft haar brief gelezen, zegt hij: de sluiting van het atelier is nog te voorkomen. Er is een oplossing die hen zou kunnen redden. Ze staart hem ongelovig aan – welke vreemde energie heeft zich van hem meester gemaakt? Kamal, die normaal gesproken zo rustig is, is nu opgewonden. Hij gaat verder: de gedragscode van de sikhs verbiedt ze hun haar af te knippen, maar dat geldt niet voor de hindoes in zijn land. Zij staan het juist met duizenden tegelijk in de tempels af als offerande aan hun goden. Het kaalscheren van het hoofd is een heilig gebaar, maar het haar zelf is dat niet: het wordt verzameld en op markten verkocht. Sommigen hebben daar zelfs hun nering van gemaakt. Als de grondstof hier begint op te raken, besluit hij, moeten we hem daarvandaan gaan halen. Importeren. Dat is de enige manier om het atelier te redden.

Giulia weet niet wat ze moet zeggen. Ze wordt heen en weer geslingerd tussen verbijstering en ongeloof. Het plan van Kamal lijkt haar onuitvoerbaar. Indiaas haar, zo'n gek idee... Natuurlijk zou ze het kunnen behandelen. Ze kent de chemische formule van haar vader. Ze zou het kunnen ontkleuren, melkwit kunnen maken om het vervolgens opnieuw te verven. Ze heeft er de kennis en de vaardigheid voor. Maar het idee schrikt haar af. Importeren: die term klinkt haar bijna barbaars in de oren, alsof hij aan een andere taal is ontleend, niet de taal van hier, van de kleine ateliers. Het haar dat de Lanfredi's verwerken komt uit Sicilië, dat is altijd zo geweest. Het is haar uit de streek, van het eiland.

Als een bron opdroogt moet je op zoek naar een nieuwe, zegt Kamal. Als de Italianen hun haar niet meer bewaren, krijgen we het van de Indiërs! Met miljoenen laten ze het in de tempels achter, ieder jaar weer. Hun haar wordt bij tonnen verkocht. Het is een bijna onuitputtelijke voorraad manna.

Giulia weet niet wat ze ervan moet denken. Het idee trekt haar, maar een seconde later lijkt het haar onuitvoerbaar.

Kamal voert aan dat hij haar kan helpen. Hij spreekt de taal en kent het land. Hij kan een schakel zijn tussen India en Italië. Deze man is geweldig, denkt ze, hij lijkt alles voor mogelijk te houden. Ze neemt het zichzelf kwalijk dat ze zo sceptisch en wanhopig is.

Ze is weer thuis, en haar hoofd tolt. Haar gedachten schieten heen en weer als apen in een kooi, onmogelijk tot rust te brengen. Slapen gaat haar niet meer lukken, dat hoeft ze niet eens te proberen. Ze zet haar computer aan en brengt de rest van de nacht door met koortsachtig zoeken.

Kamal heeft gelijk. Op internet vindt ze foto's van Indiase vrouwen en mannen in tempels. Hopend op een goede oogst, een gelukkig huwelijk of een betere gezondheid schenken de Indiërs hun haar aan hun goden. Het zijn voor het merendeel armen en paria's, wier enige rijkdom bestaat uit hun haardos.

Dan vindt ze een artikel over een Engelse zakenman die rijk is geworden met de handel in geïmporteerd haar. Hij is inmiddels bekend over de hele wereld. Hij verplaatst zich per helikopter. In zijn fabriek in de buurt van Rome laat hij de Indiase lokken met tonnen binnenkomen. Het materiaal arriveert per vliegtuig op luchthaven Fiumicino, waarna het wordt vervoerd naar een industriegebied ten noorden van de stad, waar het in immense ateliers wordt verwerkt. Volgens de Engelsman is Indiaas haar het beste ter wereld. Aan het zwembad bij zijn Romeinse villa legt hij uit hoe het wordt ontsmet en daarna ontklit, in baden wordt gedompeld om het te ontkleuren, waarna het blond, bruin, rood of roodbruin geverfd wordt en niet meer van Europees haar te onderscheiden is. *We maken van zwart goud blond goud*, zegt hij voldaan. De lokken worden gesorteerd op lengte, per soort verpakt en verstuurd over de hele wereld, waarna ze worden verwerkt in extensies of pruiken. Drieënvijftig landen, vijfentwintigduizend kapsalons: duizelingwekkende cijfers! Zijn bedrijf is inmiddels een multinational. In het begin lachte iedereen hem uit, bekent hij, om zijn dwaze ondernemersgeest. Maar de firma floreerde. Die telt nu vijfhonderd medewerkers, productievestigingen in drie continenten en is verantwoordelijk voor tachtig procent van de mondiale haarmarkt, besluit hij trots.

Giulia is perplex. Alles lijkt van een leien dakje te gaan bij de Engelsman. Zou zij hetzelfde kunnen? Hoe krijgt ze zo'n krachttoer voor elkaar? Wie is ze om te denken dat zij ook zo'n project aankan? Het familieatelier transformeren in een industrieel bedrijf, is dat geen pure utopie? Toch heeft de Engelsman het voor elkaar gekregen. Als het hem is gelukt, kan zij het dan niet ook?

Er is vooral één vraag die haar kwelt: wat zou haar vader ervan denken? Zou hij haar op dit pad ondersteunen? Hij zei altijd dat je groot moest denken, moedig en ondernemend moest zijn. Niettemin was hij uiterst gehecht aan zijn wortels en zijn identiteit. 'Siciliaans haar,' zei hij altijd vol trots als hij zijn lokken presenteerde. Zou groeien betekenen dat ze hem moet verraden?

Giulia denkt aan zijn foto in het kantoor, naast die van zijn vader en zijn grootvader, drie generaties Lanfredi die na elkaar het atelier hebben gerund. Dan bedenkt ze dat ze hem pas echt zou laten vallen als ze deze kans niet grijpt. Hun levenswerk te gronde richten, is dat niet het werkelijke verraad?

Plotseling wil ze erin geloven. Ze zullen niet verdrinken. Het atelier is niet opgegeven. Ze zal nooit met Gino Battagliola trouwen. Het idee van Kamal is een geschenk, een kans, een gelukstreffer. De Costa Concordia, had ze die dag bij papa's la gedacht, maar nu lijkt het of er in het donker een boot aan komt varen om hen te redden en hun een boei toe te werpen.

Ze denkt aan Kamal en begrijpt ineens dat ze deze man niet toevallig op de dag van de Heilige Rosalia heeft ontmoet. Hij is naar haar gezonden. De hemel heeft haar gebed gehoord en verhoord.

Dit is het teken, het wonder waarop ze wachtte.

Smita

Tirupati, Andhra Pradesh, India

'Tirupati! Tirupati!'

Een man in de wagon roept. De trein stopt zo dadelijk op het station van Tirupati. De remmen knarsen op de rails. Meteen stromen er drommen pelgrims over de perrons, beladen met dekens, bagage, metalen bekers, levensmiddelen, bloemen, offerandes, kinderen op de arm, oudjes op de rug. Iedereen spoedt zich naar de uitgang, op weg naar de heilige heuvel. Gevangen in die mensenstroom en niet in staat de vaart een halt toe te roepen klemt Smita Lalita's hand vast. Uit vrees dat ze uit elkaar worden gerukt neemt ze haar uiteindelijk in haar armen. Het station lijkt wel een mierenhoop waar honderdduizenden insecten zich verdringen. Er komen vijftigduizend pelgrims per dag, maar op feestdagen tot wel tien keer zoveel. Allemaal komen ze Lord Venkateshwara eren, de 'Heer van de Zeven Heuvels', een van Vishnoes incarnaties. Hem wordt de kracht toegedicht dat hij elk verzoek dat voor zijn beeltenis wordt gedaan inwilligt. Zijn levensgrote beeld staat in het heiligdom van de tempel, op de top van de heilige heuvel, die uittorent boven de stad aan zijn voeten.

In het bijzijn van die duizenden fanatieke geesten wordt

Smita gegrepen door een soort bezieling en tegelijkertijd door grote paniek. Ze voelt zich klein, nietig te midden van die menigte die haar vreemd is en toch net zo gedreven is als zij. Iedereen komt hier in de hoop op een beter leven of als dank voor een gunst: de geboorte van een zoon, de genezing van een naaste, een goede oogst of een gelukkig huwelijk.

Om zich naar de tempel te begeven haasten sommigen zich naar de bussen die de pelgrims tegen betaling van vierenveertig roepies boven op de berg afzetten. Toch weet iedereen dat je een echte pelgrimstocht te voet aflegt. Smita is niet van zo ver gekomen om voor de makkelijkste weg te kiezen. Ze trekt haar sandalen en die van Lalita uit, zoals de traditie voorschrijft. Velen doen net als zij hun schoenen uit als teken van nederigheid voordat ze aan de treden beginnen die naar de tempeldeuren leiden. 'Zesendertighonderd treden, zo'n vijftien kilometer, drie uur inspanning!' is het commentaar van een fruitverkoper die in de berm zit. Smita maakt zich zorgen om Lalita: het meisje is moe, ze hebben weinig geslapen in de overvolle, oncomfortabele trein. Er is hoe dan ook geen weg meer terug. Ze gaan in hun eigen tempo, desnoods doen ze er de hele dag over. Vishnoe heeft over hen gewaakt, hij heeft hen hier doen belanden, dus ze hebben niet het recht om nu ze zo dichtbij zijn het te laten afweten. Smita besteedt een paar roepies aan een paar kokosnoten, waarvan Lalita met smaak eet. Ze bewaren er een die ze op de eerste tree van de klim kapotslaan, als offerande aan God, volgens het gebruik. Sommigen steken kaarsjes aan die ze op elke trede neerzetten – het kost moed en veel wilskracht om zo voorovergebogen naar de tempel te klimmen. Anderen brengen een mengsel van kleurstof en water aan dat de trap een vlammende kleur geeft: paars en oker. De vroomsten en flinksten leggen de tocht op hun knieën af. Smita observeert een hele familie die op die manier langzaam vooruitkomt, bij iedere trede vertrekken ze van de pijn hun gezichten. Wat een zelfopoffering, denkt ze afgunstig bij zichzelf.

Na een kwart van de route vertoont Lalita tekenen van moeheid. Ze lassen pauzes in om hun dorst te lessen en op adem te komen. Na een uur lopen kán het meisje niet meer. Smita hijst het kleine tengere lijfje op haar rug en zet de klim voort. Ze is zelf tenger en op de rand van de uitputting, maar ze gaat volledig voor haar doel en concentreert zich op het beeld van die zo geliefde god waar ze weldra voor zal staan. Het lijkt wel alsof Vishnoe Smita's krachten vandaag vertienvoudigt om het haar mogelijk te maken dat ze de top bereikt en zich voor zijn voeten werpt.

Lalita slaapt al een tijdje als Smita haar klim volbrengt. Ze gaat voor de tempeldeuren zitten om op adem te komen. De heilige ruimte is afgezet met een hoge omheining. Een reusachtige witte granieten toren in Dravidische stijl richt zich naar de hemel. Smita heeft nog nooit zoiets gezien. Tirumala is een wereld op zich, drukker bevolkt dan een stad. Volgens de traditie worden er geen alcohol, vlees en sigaretten verkocht. Je kunt erin als je een kaartje koopt – het goedkoopste kost twaalf roepies, legt een oude pelgrim Smita uit. Er verdringt zich een ontelbare menigte voor de loketten waarachter zo nu en dan een gezicht verschijnt. Op dat moment dringt tot haar door dat de afmattende route nog maar een voorproefje was van wat hun te wachten staat. Ze zullen uren geduld moeten opbrengen voordat ze het heiligdom kunnen betreden.

Het is al laat; het wordt langzaam donker. Smita heeft rust

nodig. Ze moet wat slapen, of in elk geval een poging daartoe doen. Een van de vele verkopers van bloemen en toeristische prullaria die zich vlak bij de tempeldeuren ophouden komt op haar af. Hij heeft gezien hoe ontredderd ze kijkt, hoe dodelijk vermoeid ze is. Er zijn gratis slaapzalen voor de pelgrims, zegt hij tegen haar. Hij kan hun de weg wijzen. Hij neemt haar uitvoerig op en laat zijn blik daarna rusten op Lalita. In ruil voor een paar gunsten brengt hij hen ernaartoe. Smita pakt de hand van haar dochter en trekt haar ver weg van deze schurk. Toch had hij een goed gezicht, hij leek wel een engel... Ze krijgt een rilling als ze eraan denkt de nacht buiten te moeten doorbrengen; twee vrouwen alleen zijn zo'n gemakkelijke prooi. Ze moeten onderdak vinden voor de nacht. Het is een kwestie van leven of dood. Langs de weg wijst een *sadhoe* gekleed in een gele *longhi*, de kleur van de vishnoeïeten, hun de juiste weg.

De eerste slaapzaal is gesloten, op de tweede staat dat hij vol is. Als ze de derde binnengaan deelt een oude vrouw mee dat ze nog maar één bed heeft. Dat geeft niet. Smita en Lalita hebben al zoveel gedeeld dat ze het gevoel hebben dat ze één persoon zijn. Ze lopen de vervallen zaal in waar tientallen primitieve bedjes naast elkaar staan, gaan tegen elkaar aan liggen en vallen ondanks het geroezemoes om hen heen in een diepe slaap.

Sarah

Montreal, Canada

Al drie dagen komt Sarah haar bed niet uit.

Gisteren heeft ze haar arts gebeld om ziekteverlof aan te vragen – voor het eerst in haar carrière. Ze wil niet terug naar het advocatenkantoor. Ze kan niet meer tegen de hypocrisie, de buitensluiting die haar ten deel is gevallen.

Eerst was er ontkenning, ongeloof. Toen woede. Een ongecontroleerde razernij had zich van haar meester gemaakt. Daarop volgde een peilloze neerslachtigheid, een grauwe, ononderbroken vlakte.

Sarah heeft haar keuzes altijd zelfstandig gemaakt, heeft altijd zelf kunnen beslissen over de richtingen die ze insloeg in haar leven. Ze was een *executive woman*, zoals ze dat noemen, letterlijk 'iemand met een leidinggevende positie in een onderneming of een bedrijf die de beslissingen neemt en zorgt dat ze worden nageleefd'. Voortaan ondergaat ze. Ze voelt zich verraden, een verstoten vrouw die wordt afgeschreven omdat ze niet gaf wat er van haar werd verwacht, omdat ze ongeschikt is bevonden. Ontoereikend, vruchteloos.

Zij die het glazen plafond is ontstegen botst nu tegen de onzichtbare muur die de wereld van de gezonden scheidt van die van de zieken, de zwakken en kwetsbaren waartoe ze voortaan behoort. Johnson en de zijnen zijn haar aan het begraven. Ze hebben haar lichaam in een kuil geworpen en bedekken het langzaam met grote scheppen glimlach en vals medelijden. Professioneel gezien is ze dood. Dat weet ze. Als in een nachtmerrie is ze machteloos getuige van haar eigen begrafenis. Ze kan nog zo hard schreeuwen, gillen dat ze nog leeft daar in haar kist, er is niemand die haar hoort. Haar lijdensweg begint te lijken op een levende droom.

Ze liegen, stuk voor stuk. Ze zeggen 'Hou je taai' tegen haar, ze zeggen 'Je gaat het redden', maar wat ze doen is in strijd met elk medegevoel. Ze hebben haar laten vallen. Ze wordt afgedankt als een kapot voorwerp dat je bij het vuil zet.

Zij die alles voor haar werk heeft opgegeven wordt nu zelf opgegeven, onder de noemer van efficiëntie, resultaat en opbrengst. Het is meedoen of creperen. Dus moet ze maar creperen.

Haar plan heeft niet gewerkt. Haar muur is ingestort, opgeblazen door de ambitie van Inès en vermenigvuldigd met die van Curst, en dat alles met groen licht van Johnson. Ze dacht dat hij het voor haar zou opnemen, of dat hij dat ten minste zou proberen. Hij heeft haar zonder pardon laten barsten. Hij heeft haar het enige afgenomen wat haar nog op de been hield, het enige wat haar de kracht gaf om 's morgens haar bed uit te komen: haar sociale ik, haar professionele leven, het gevoel dat ze iemand is in deze wereld en dat ze er een plaats heeft.

Wat ze vreesde is uiteindelijk gebeurd: Sarah is haar kanker geworden. Ze is de personificatie van haar tumor. De mensen zien haar niet meer als een briljante, charmante en professionele vrouw van veertig, maar als de belichaming van haar ziekte. Ze is voor hen geen zieke advocaat meer, ze is een patiënt die advocaat is. Een groot verschil. Kanker schrikt af. Het isoleert, het schept afstand. Het riekt naar de dood. Als men haar tegenkomt draait men zich liever om, knijpt men zijn neus dicht.

Een paria, dat is wat Sarah is geworden. Verstoten uit de maatschappij.

Dus nee, ze keert niet terug in die arena die haar heeft veroordeeld. Ze zullen haar niet zien vallen. Ze gaat zichzelf niet te kijk zetten, ze gaat zich niet als prooi voor de leeuwen werpen. Eén ding heeft ze nog: haar waardigheid. Het vermogen om nee te zeggen.

Vanochtend heeft ze het ontbijt dat Ron voor haar had klaargemaakt niet aangeraakt. De tweeling kwam haar knuffelen en kroop bij haar in bed. Ze reageerde niet eens op de aanraking van hun warme zachte lijfjes. Hannah smeekte en haalde alles uit de kast om haar uit bed te krijgen. Ze moedigde haar aan, dreigde, beschuldigde, allemaal tevergeefs. Ze weet dat ze haar moeder vanavond bij thuiskomst in dezelfde houding zal aantreffen.

Zo slijt Sarah haar dagen: in een ziekelijke lethargie, een voortschrijdende verdoving. Ze laat zich langzaam van de wereld afdrijven. Ze kijkt op de laatste weken terug alsof het een film is, vraagt zich af wat ze had kunnen doen om de koers ervan te veranderen. Waarschijnlijk niets. Het spel is zonder haar gespeeld. *Game over.* Klaar.

Doen alsof alles goed gaat, of er niets is veranderd, een normaal leven blijven leiden, het hoofd koel houden, doorbijten, toneelspelen: ze dacht dat ze het kon. Ze dacht dat ze haar ziekte net zo kon afhandelen als een dossier: planmatig, ijverig en vastberaden. Het was niet genoeg.

In een soort halve droom stelt ze zich de reactie van haar collega's voor wanneer haar dood wordt aangekondigd. Dat is een macabere gedachte waar ze toch van geniet, zoals je er soms voor kiest naar droevige muziek te luisteren als je verdrietig bent. Ze ziet hun betraande gezichten al voor zich, hun zogenaamde diepe treurnis. Ze zullen zeggen 'De tumor was kwaadaardig', of 'Ze wist dat ze was opgegeven'. Ze zullen zeggen 'Er was niets meer aan te doen', of erger, 'Ze is er te lang mee blijven rondlopen', waarmee ze haar zelf verantwoordelijk stellen of zelfs de schuld geven van haar lot. De waarheid is anders. Wat Sarah Cohen doodt, wat zachtjes aan haar vreet, is niet alleen de tumor die bezit van haar lichaam heeft genomen en de dans leidt, een wrede dans met grillige bewegingen. Nee, wat haar kapotmaakt is dat degenen die ze als haar gelijken beschouwde, bij het advocatenkantoor dat zijn faam mede aan haar dankt, haar in de steek hebben gelaten. Het was haar levensdoel, haar alles, haar *Ikigai*, zoals de Japanners het noemen: zonder dat bestaat Sarah niet. Is ze niet meer dan een hol wezen, ontdaan van haar kern.

Ze verbaast zich nog steeds over haar naïviteit. Zij die dacht dat haar ziekte het kantoor in gevaar zou brengen moet een hardere waarheid onder ogen zien: het functioneert prima zonder haar. Haar parkeerplaats zal aan iemand anders worden gegund, net als haar kantoor, waar ze om zullen vechten. En die gedachte vermorzelt haar.

Haar bezorgde arts heeft haar antidepressiva voorgeschreven. Volgens hem is-depressie-een-veel-voorkomende-reactie-op-het-nieuws-van-een-ernstige-ziekte. Het-is-een-factor-die-de-kanker-ongunstig-beïnvloedt.

Ze-moet-zich-herpakken. Druiloor, dacht Sarah. Zíj is niet ziek, de hele maatschappij moet behandeld worden. Ze keert de zwakken die ze zou moeten beschermen de rug toe als oude olifanten die door de kudde zijn verlaten en tot een eenzame dood zijn veroordeeld. In een kinderboek over dieren las ze op een dag deze zin: *Vleeseters zijn nuttig voor de natuur, want ze eten op wat zwak en ziek is.* Haar dochter was in huilen uitgebarsten. Sarah had haar getroost en zei tegen haar dat die wet niet voor mensen gold. Ze dacht dat ze zich aan de goede kant van de grens bevond, in een beschaafde wereld. Ze vergiste zich.

Dus ze kunnen haar pillen voorschrijven zoveel ze willen, dat zal weinig of niets uitrichten. Er zullen altijd Johnsons en Cursts zijn om haar het leven zuur te maken.

Stelletje hufters.

De kinderen zijn de deur uit, het is weer stil in huis. Sarah staat op. Naar de badkamer lopen is het enige waartoe ze 's morgens in staat is. In de spiegel is haar huid zo bleek als een vel papier, zo dun dat het licht erdoorheen lijkt te schijnen. Haar ribben steken uit, haar benen lijken wel stokbroden die bij de minste misstap kunnen breken. Luciferhoutjes. Ze had mooie benen, haar welgevormde billen kwamen goed uit in elegante mantelpakjes, haar decolleté was een beproefd verleidingswapen. Het was een feit: Sarah viel in de smaak. Er waren weinig mannen die haar weerstonden. Ze had avontuurtjes gehad, verhoudingen, ze had zelfs twee grote liefdes gekend – haar twee echtgenoten, vooral de eerste, van wie ze veel had gehouden. Wie zou haar nu mooi vinden, met haar bleke gezicht en haar vermagerde lichaam, in die te grote joggingbroek die om haar heen fladdert als het laken van een spook? De ziekte doet haar ondermijnende werk, nog even en ze kan de spullen van haar dochter van twaalf aan – dat is wat haar nog zal passen: een kindermaat. Welk vuur wakkert ze zo nog aan? In wiens ogen? Sarah denkt bij zichzelf dat ze er op dit moment alles voor over zou hebben als iemand haar in zijn armen nam. Om zich vrouw te voelen, heel even maar, in de armen van een man. Wat zou dat fijn zijn.

Een borst missen – in het begin wilde ze er niet aan denken. Het verdriet, de pijn. Zoals altijd heeft ze een sluier over de kwestie gelegd, in een wat vergeefse poging die op afstand te houden. Wat geeft het, zei ze steeds tegen zichzelf, plastische chirurgie doet wonderen. Toch klonk het haar lelijk in de oren: ablatie. Een woord dat rijmt op molestatie, degradatie, mutilatie, amputatie, frustratie… Rehabilitatie misschien ook, als ze geluk heeft? Wie kan haar dat beloven? Toen Hannah van haar ziekte hoorde, leek ze heel verdrietig. Ze dacht even na en zei toen: 'Je bent een amazone, mama.' Een tijdje geleden had ze een opstel over dat onderwerp geschreven dat Sarah had gecorrigeerd. Ze herinnert het zich nog goed: '*Amazone* komt van het Griekse *mazos*: *borst*, voorafgegaan door a-: *zonder*. Deze vrouwen uit de oudheid sneden hun rechterborst af om de boog beter te kunnen spannen. Ze vormden een volk van krijgsvrouwen, strijdsters die zowel gevreesd als gerespecteerd werden, die gemeenschap hadden met de mannen van naburige volkeren om voor nageslacht te zorgen maar hun kinderen alleen opvoedden. Ze namen mannen in dienst voor de huishoudelijke taken. Ze voerden talloze oorlogen, waar ze vaak als winnaars uit kwamen.'

Maar van deze oorlog weet Sarah helaas niet zeker of ze hem wint. Dit lichaam dat ze jarenlang heeft afgericht, genegeerd, dit lichaam dat ze heeft verwaarloosd, soms zelfs uitgehongerd – geen tijd om te slapen, geen tijd om te eten – zet het haar nu betaald. Het herinnert haar er genadeloos aan dat het bestaat. Sarah is nog maar een schim, een aftreksel van zichzelf, een bleke afspiegeling van wie ze was en die de spiegel haar meedogenloos laat zien.

Haar haar vindt ze nog het ergst. Ze verliest het nu met bosjes. De oncoloog – het ellendige orakel – had haar gewaarschuwd: na de tweede chemosessie begint het uit te vallen. Sarah vond vanochtend tientallen exemplaren op haar hoofdkussen. Tegen die situatie ziet ze nog het meest op. Alopecia is het teken bij uitstek van haar ziekte. Een kale vrouw is een zieke vrouw, of ze nou een fantastische trui draagt, hoge hakken of een hippe tas: dat ziet niemand meer. Er is alleen nog maar die blote schedel die bekentenis, ontboezeming en tragiek betekent. Een kale man kan sexy zijn, een kale vrouw is steevast ziek, denkt Sarah.

De kanker heeft haar dus alles afgenomen: haar beroep, haar verschijning, haar vrouwelijkheid.

Ze moet aan haar moeder denken die aan dezelfde ziekte is bezweken. Ze overweegt weer in bed te kruipen om er stilletjes tussenuit te knijpen, om naar haar toe te gaan, naar haar plek onder de grond, te delen in haar eeuwige rust. Het is een morbide maar troostrijke gedachte. Soms is het prettig om te bedenken dat alles een einde heeft, dat zelfs de grootste kwelling kan ophouden, morgen al.

Als ze aan haar denkt, komt haar weer voor de geest hoe charmant ze was. Zelfs toen ze verzwakt was ging haar moeder nooit de deur uit zonder zich op te maken, zonder te zorgen dat haar haar goed zat, zonder haar nagels te doen. Die nagels waren een belangrijk detail, dat zei ze vaak: verzorg altijd je handen. Voor velen was dat onbeduidend, een kleinigheid, ijdeltuiterij, maar voor haar was het een teken, een gebaar dat betekende: ik trek nog tijd uit voor mezelf. Ik ben een actieve vrouw, heb een druk leven, verantwoordelijkheden, drie kinderen, (kanker), het dagelijks leven neemt me volledig in beslag, maar ik ben niet ingestort, ik ben niet bezweken, ik ben er, nog steeds, vrouwelijk en verzorgd, ongeschonden, kijk maar naar mijn vingertoppen, ik leef.

Sarah leeft. Voor de spiegel kijkt ze naar haar gescheurde nagels, haar uitgedunde haar.

Dan voelt ze diep in zich iets trillen, alsof een minuscuul deel van haar wezen weigert het op te geven. Nee, ze knijpt er niet tussenuit. Ze geeft niet op.

Een amazone, dat is ze. Een krijger, een strijdster. Een amazone laat zich niet vloeren. Ze vecht tot haar laatste adem. Ze geeft nooit op.

Ze moet er weer voor gaan knokken. In naam van haar moeder, van haar dochter en haar zoons die haar nodig hebben. In naam van alle strijd die ze al heeft gestreden. Ze moet doorgaan. Ze gaat niet in dit bed liggen, ze geeft zich niet over aan die zwaarmoedigheid die haar in de verleiding brengt. Ze laat zich niet kisten. Nog niet.

Snel kleedt ze zich aan. Om haar haar te verbergen pakt ze een muts uit de kast – een kindermuts die daar nog ligt, met de opdruk van een superheld. Wat geeft het, hij houdt haar warm.

Zo gaat ze de straat op. Buiten sneeuwt het. Ze heeft een lange jas aangetrokken met daaronder drie truien over elkaar. Zo gekleed lijkt ze heel dun, net een Schots schaap dat verdwijnt onder het gewicht van zijn langharige vacht.

Sarah gaat de straat op. Het wordt vandaag, dat heeft ze besloten.

Ze weet precies waar ze naartoe moet.

Giulia

Palermo, Sicilië

'De Italianen willen Italiaans haar.'

Die zin valt als een hakmes. In de woonkamer van haar ouderlijk huis heeft Giulia haar moeder en zussen zojuist haar plan voorgelegd om Indiaas haar te gaan importeren teneinde het atelier te redden.

De dagen ervoor is ze onafgebroken bezig geweest met het uitwerken van het project. Ze heeft marktonderzoek gedaan, een dossier voor de bank aangelegd – er zal natuurlijk geïnvesteerd moeten worden. Ze heeft dag en nacht gewerkt, ten koste van haar slaap, maar wat doet het ertoe: ze wordt gedreven door een haast goddelijke missie. Ze weet niet waar dit vertrouwen, deze plotselinge energie vandaan komt. Is het de welwillende aanwezigheid van Kamal aan haar zijde? Is het haar vader die haar vanuit zijn diepe coma kracht en moed geeft? Giulia heeft het gevoel dat ze bergen kan verzetten, van de Apennijnen tot de Himalaya.

Het is geen winstbejag dat haar aantrekt. Ze hoeft de miljoenen niet waar de Engelsman over opschept; op een zwembad of helikopter zit ze niet te wachten. Het enige wat ze wil is het atelier van haar vader redden en haar familie erbovenop helpen.

'Dit gaat niet werken,' zegt mamma. 'De Lanfredi's hebben zich altijd kunnen bevoorraden op Sicilië, de cascatura is hier een eeuwenoud gebruik. We kunnen niet zomaar met de traditie breken,' verklaart ze.

'De traditie gaat ze te gronde richten,' antwoordt Giulia. De boekhouding is onverbiddelijk: het atelier moet sluiten, uiterlijk over een maand. Ze moeten het over een andere boeg gooien, zich internationaal gaan oriënteren. Accepteren dat de wereld verandert, en zelf meeveranderen. Familiebedrijven die weigeren zich te ontwikkelen sluiten in het land een voor een hun deuren. Vandaag de dag moet je een bredere blik hebben, over de grenzen heen kijken, het is een kwestie van overleven! Veranderen of ten onder gaan, er is geen andere keus. Terwijl ze praat voelt Giulia dat ze vleugels krijgt, alsof ze plotseling een advocaat in een grote rechtbank is tijdens een belangrijk proces. Dat beroep heeft haar altijd gefascineerd – een beroep dat is voorbehouden aan ontwikkelde mensen, aan de elite. De familie Lanfredi kent geen advocaten, alleen arbeiders, en toch had het haar prachtig geleken om grote zaken te verdedigen, om een machtige, voorname vrouw te zijn. Ze droomt er soms van, en die gedachte voegt zich bij het randgebied van haar vergeten dromen.

Vol vuur wijst Giulia erop dat de kwaliteit van Indiaas haar door vele experts wordt erkend: Aziatisch haar is het sterkste, Afrikaans haar het breekbaarste, maar Indiaas haar het beste, zowel wat betreft de textuur als de mogelijkheid om het te kleuren. Eenmaal ontkleurd en geverfd lijkt het in alle opzichten op Europees haar.

Francesca mengt zich in het gesprek: ze is het met hun moeder eens, dit zal nooit werken. De Italianen willen geen geïmporteerd haar. Het verbaast Giulia niets. Haar zus behoort tot het slag van de sceptici, de mensen die alles somber inzien, de mensen die nee zeggen voordat ze ja denken. De mensen die altijd het storende detail in een landschap opmerken, het minuscule vlekje op het tafellaken, de mensen die het oppervlak van het leven uitpluizen op zoek naar oneffenheden, alsof ze vreugde beleven aan die valse noten van de wereld, er hun bestaansrecht aan ontlenen. Ze is het tegenovergestelde van Giulia, haar negatief in de fotografische betekenis van het woord: haar helderheid is omgekeerd evenredig aan de hare.

Als de Italianen het niet willen zullen ze zich op nieuwe markten richten, gaat Giulia verder: de Amerikanen, de Canadezen. De wereld is groot en heeft haren nodig! De haarstukken-, extensies- en pruikensector is in volle bloei. Je moet op de golf meebewegen in plaats van je daardoor te laten overspoelen.

Francesca bespaart Giulia haar twijfels en wantrouwen niet. Ze neemt geen blad voor de mond, haar grote zus! Hoe denkt ze dit te gaan doen? Zij die nooit een stap buiten Italië heeft gezet, zelfs nog nooit een vliegtuig heeft genomen? Wier horizon ophoudt bij de omtrek van de baai van Palermo, hoe krijgt ze deze krachttoer ooit voor elkaar? Dit wonder?

Maar Giulia wil in haar droom geloven. Internet heeft de afstanden tenietgedaan, de wereld past nu in hun hand als de lichtgevende wereldbol die ze als kind bezaten. India is vlakbij, bijna een continent voor de deur. Ze heeft de prijzen uitvoerig bestudeerd, ze kent de haarkoers, haar plan is niet onuitvoerbaar. Er is alleen lef voor nodig, en vertrouwen. Daar zit ze niet om verlegen.

Adela zegt niets. Zittend in een hoekje kijkt ze naar haar

bekvechtende zussen – in alle omstandigheden blijft ze onpartijdig, onverschillig voor de wereld, in één woord: een puber.

'We moeten het atelier sluiten en de ruimte verkopen,' begint Francesca weer. 'Op die manier kunnen we een deel van de hypotheek op het huis aflossen.'

'En waar moeten we dan van leven?' is de reactie van Giulia. Denkt zij dat het gemakkelijk zal zijn om werk te vinden? En hun arbeidsters, heeft ze aan hen gedacht? Wat voor toekomst hebben die vrouwen die al die jaren voor hen hebben gewerkt?

De discussie slaat om in een confrontatie. Mamma weet dat ze de boel moet sussen, dat ze haar dochters wier stemmen door het huis schallen uit elkaar moet halen. Ze hebben elkaar nooit begrepen, denkt ze bitter, ze hebben nooit met elkaar kunnen opschieten. Hun band is een aaneenschakeling van conflicten, waar dit het dieptepunt van vormt. Ze moet de knoop doorhakken om hier een eind aan te maken.

'Het is waar dat we aan de arbeidsters moeten denken,' zegt ze, 'dat is een kwestie van fatsoen en respect. En toch heeft Francesca op één punt gelijk: *de Italianen willen Italiaans haar.*'

Die zin is de doodssteek voor Giulia's plan.

Diepbedroefd verlaat ze het huis. Ze wist dat ze voor haar plan zou moeten knokken, maar zoveel weerstand had ze niet verwacht. Ze voelt zich als na een feestnacht: misselijk en ontnuchterd. Zonder de instemming van haar moeder en zussen kan ze niets voor het atelier doen. Ze hebben zojuist haar luchtkastelen stukgetrapt. Haar enthousiasme is afgebrokkeld en maakt plaats voor twijfel, voor angst.

Ze gaat haar toevlucht zoeken in het ziekenhuis, aan het bed van haar vader. Wat zou híj hebben gezegd? Wat had híj gedaan? Ze zou zo graag in zijn armen willen schuilen en langdurig huilen, als een kind. Haar vertrouwen laat haar in de steek. Ze weet niet meer wat het beste is: dit plan doorzetten of het van tafel vegen, het verbranden op het altaar van de rede vanwege de langzaam verdwijnende tradities. Ze is verslagen, uitgeput, zo moe door haar doorwaakte nachten dat ze ter plekke zou kunnen slapen, op dit bed, vlak bij papa. Honderd jaar slapen, net als hij: dat is wat ze wil.

Giulia doet haar ogen dicht.

Plotseling is ze boven, op het dak, in het laboratorio. Haar vader is er ook, hij staart naar de zee, net als vroeger. Hij lijkt niet te lijden. Hij ziet er sereen en kalm uit. Hij lacht naar haar, alsof hij haar verwachtte. Giulia gaat naast hem zitten. Ze vertelt hem over haar zorgen, haar verdriet, het beklemmende gevoel van onmacht. Ze zegt tegen hem dat het haar spijt, van het atelier.

Laat je door niemand van je pad afbrengen, antwoordt hij. *Je moet blijven vertrouwen. Je hebt een grote wilskracht. Ik geloof in je doorzettingsvermogen, in je kunnen. Hou vol. Het leven heeft grote dingen voor je in petto.*

Er klinkt een schel geluid. Giulia wordt met een schok wakker. Ze was in slaap gedommeld, bij haar vader op het ziekenhuisbed. Om hem heen zijn de apparaten die hem in leven houden gaan piepen. Er komen verpleegsters aansnellen.

Op dat moment, precies op dat moment, voelt Giulia haar vaders hand bewegen.

Smita

Tempel van Tirupati, Andhra Pradesh, India

Het wordt ochtend op de berg van Tirumala.

Smita en Lalita hebben zich bij de rij pelgrims voor de ingang van de tempel aangesloten. Er komt een kind naar voren dat hun *laddu's* voorhoudt, zoete bolletjes op basis van gedroogd fruit en gecondenseerde melk. Het gewicht en de samenstelling zijn in een officieel keurmerk vastgelegd – het recept is gedicteerd door God zelf, licht hij toe. Ze worden in de tempel gebakken door de *achakas*, priesters van vader op zoon, die ze aan de pelgrims aanbieden. Als je ze eet maakt dat deel uit van het zuiveringsproces. Smita bedankt God voor deze onverwachte maaltijd. Verkwikt door de paar uur slaap en de zoete smaak van de laddu's voelt ze zich bereid tot ieder offer. Ze heeft nog niet tegen Lalita gezegd wat haar binnen te wachten staat. De rijken offeren voedsel en bloemen, sieraden, goud en edelstenen, maar de armen offeren Lord Venkateshwara het enige wat ze bezitten: hun haar.

Dat is een traditie die al eeuwen bestaat: je haar schenken is afstand doen van iedere vorm van ego, aanvaarden dat je in je meest nederige, meest naakte verschijning voor God komt te staan.

Nadat ze de tempel hebben betreden gaan Smita en Lalita de met hekken afgezette gangen in waar duizenden dalits al dagenlang vertoeven – de wachttijd kan volgens een man die bij de ingang op de grond zit oplopen tot wel achtenveertig uur. Wie geld heeft kan een kaartje kopen waarmee je sneller opschuift. Hele families slapen er, om hun plekje niet kwijt te raken. Na oneindige uren in deze kooien te hebben doorgebracht komen ze uiteindelijk terecht in de *kalianakata*, een reusachtig gebouw van vier verdiepingen waar honderden barbiers in de weer zijn. Een waar mierennest dat dag en nacht in bedrijf is. De grootste kapsalon ter wereld, zeggen ze hier. De prijs van een scheerbeurt is vijftien roepies, hoort Smita. Er is ook niets gratis, denkt ze bij zichzelf.

Overal waar je kijkt in de enorme ruimte gaan mannen, vrouwen met een baby in de armen, kinderen en oudjes onder het kappersmes, terwijl ze een gebed tot Vishnoe richten. Bij het zien van die honderden hoofden die aan de lopende band worden geschoren wordt Lalita bang. Ze begint te huilen. Ze wil haar haar niet geven, ze vindt het juist zo mooi. Bij wijze van bescherming drukt ze haar pop tegen zich aan, dat lapjesgeval dat ze de hele reis niet heeft losgelaten. Smita buigt zich naar haar toe en fluistert zachtjes in haar oor: 'Niet bang zijn. God is met ons. Je haar groeit weer aan. Dan is het nog mooier dan eerst. Maak je geen zorgen. Ik ga wel eerst.'

Door de zachte stem van haar moeder fleurt ze een beetje op. Ze bekijkt de kinderen van wie de schedel net is geschoren; ze strijken lachend met hun hand over hun hoofd. Ze lijken geen pijn te lijden – integendeel. Ze lijken lol te hebben in hun nieuwe verschijning. Hun moeder, ook met gladgeschoren schedel, smeert ze in met sandelhoutolie, een gele vloeistof die de huid moet beschermen tegen de zon en ontstekingen.

Het is hun beurt. De barbier geeft Smita een teken dat ze naar voren kan komen. Vol overgave geeft ze daar gehoor aan. Ze knielt, sluit haar ogen en begint heel zachtjes een gebed op te zeggen. Wat ze midden in die reusachtige ruimte tegen Vishnoe fluistert is haar geheim. Het is een moment dat helemaal van haarzelf is. Ze heeft er dagenlang aan gedacht; ze denkt er al jaren aan.

De barbier pakt snel een ander scheermes – de directeur van de tempel is heel strikt wat dit betreft: voor elke pelgrim een nieuw mesje, dat is het voorschrift. In zijn familie worden ze allemaal barbier, van vader op zoon, al generaties lang. Elke dag voert hij dezelfde handelingen uit, hij herhaalt ze zo vaak dat hij er 's nachts van droomt. Hij stelt zich oceanen van haar voor waarin hij soms verdrinkt. Hij vraagt Smita of ze het hare wil vlechten – dat vergemakkelijkt het scheren en het opvegen. Daarna besprenkelt hij haar met water en begint te scheren. Lalita werpt een ongeruste blik op haar moeder, maar Smita glimlacht naar haar. Vishnoe is met haar. Hij is vlakbij.

Hij zegent haar.

Terwijl de lokken een voor een bij haar voeten vallen doet Smita haar ogen dicht. Er zijn duizenden mensen om haar heen, in dezelfde houding, die bidden voor een beter leven, die het enige offeren wat het leven hun heeft gegeven: dat haar, dat sieraad, dat geschenk dat ze van God hebben gekregen en dat ze aan hem teruggeven. Hier, met gevouwen handen, geknield op de vloer van de kalianakata.

Als Smita haar ogen weer opent is haar schedel zo glad als een ei. Ze staat weer op en voelt zich plotseling zo licht als een veertje. Het is een nieuwe, bijna bedwelmende gewaarwording. Er gaat een rilling door haar heen. Ze kijkt naar haar haar dat nu aan haar voeten ligt, een gitzwarte hoop, een restant van haarzelf, al bijna een herinnering. Nu zijn haar ziel en haar lichaam gezuiverd. Ze is gekalmeerd. Gezegend. Beschermd.

Lalita komt op haar beurt naar voren. Ze trilt een beetje. Smita pakt haar hand. Terwijl de barbier het mesje verwisselt werpt hij een bewonderende blik op de vlecht van het meisje, die tot haar middel reikt. Haar haar is prachtig, zijdeachtig en dik. Terwijl ze haar dochter aankijkt fluistert Smita met haar het gebed dat ze zo vaak voor het altaartje hebben opgezegd, in de hut in Badlapur. Ze denkt aan hun omstandigheden, denkt bij zichzelf dat ze nu arm zijn, maar dat Lalita op een dag misschien een auto zal bezitten. Die gedachte doet haar glimlachen en geeft haar kracht. Het leven van haar dochter zal beter zijn dan het hare, dankzij deze offerande die ze hier vandaag doen.

Als ze de kalianakata verlaten worden ze verblind door het licht. Zonder haar lijken hun gezichten meer op elkaar dan daarvoor, meer dan ooit. Ze zien er ook jonger uit, slanker. Ze houden elkaars hand vast en lachen naar elkaar. Ze hebben het gered. Het wonder heeft zich voltrokken. Smita weet het, Vishnoe houdt zich aan zijn beloftes. In Madras wachten haar neven op hen. Morgen begint er een nieuw leven.

Als ze wegloopt in de richting van het Gouden Heiligdom, met de hand van haar dochter in de hare, is Smita niet verdrietig. Nee, verdrietig is ze niet, want één ding weet ze zeker: God zal zich dankbaar betonen voor hun offerande.

Giulia

Palermo, Sicilië

Ze wisten niet dat het onmogelijk was, dus deden ze het gewoon.

Giulia herinnert zich die zin van Mark Twain die ze als kind las en zo mooi vond. Ze moet er vandaag aan denken, terwijl ze op het asfalt van vliegveld Falcone-Borsellino staat te wachten. Ze is emotioneel nu ze op dat vliegtuig wacht dat van het andere eind van de wereld komt, beladen met de eerste vracht haar.

Papa is niet bijgekomen. Hij is die dag in het ziekenhuis gestorven, terwijl zij bij hem was, na die vreemde droom die ze zich haar leven lang zal blijven herinneren. Op het moment dat hij vertrok kneep hij in haar hand, alsof hij afscheid van haar nam. Alsof hij tegen haar zei: *Doe het maar.* Hij droeg het aan haar over voordat hij wegging. Dat weet Giulia. Terwijl de artsen hem probeerden te reanimeren, beloofde ze hem dat ze het atelier zou redden. Het is een geheim tussen hem en haar.

Ze stond erop de begrafenisplechtigheid te houden in de kapel waar hij zo van hield. Haar moeder protesteerde – 'Die ruimte is te klein om iedereen te laten zitten,' zei ze. Pietro had veel vrienden, hij was erg geliefd, ook zijn hele familie was uit alle hoeken van Sicilië gekomen, en dan waren er nog zijn arbeidsters... 'Wat maakt het uit,' zei Giulia, 'mensen die van hem houden kunnen ook staan.' Haar moeder ging uiteindelijk overstag.

Sinds kort kent ze haar dochter niet meer terug. Giulia, die gewoonlijk zo braaf is, zo bedachtzaam en inschikkelijk, laat zich nu van een verbazingwekkend koppige kant zien. Er heeft zich een nieuw soort vastberadenheid van haar meester gemaakt. In haar gevecht om het atelier te redden weigert ze op te geven. Om uit de impasse te komen heeft ze voorgesteld de arbeidsters te laten stemmen. 'Zoiets is elders ook gedaan,' zei ze, 'op andere bedreigde locaties. Bovendien is het gepast om ze naar hun mening te vragen. Het gaat tenslotte ook om hen.' Haar moeder ging akkoord. Haar zussen stemden ermee in.

Opdat de jongeren niet zouden worden beïnvloed door de ouderen, werd gekozen voor een geheime stemming. De arbeidsters werd gevraagd te kiezen tussen een nieuwe bedrijfsaanpak voor het atelier, met de import van Indiaas haar, en sluiting met ontslagregeling, waarbij ze een bescheiden premie zouden meekrijgen. Natuurlijk brengt de eerste optie risico's met zich mee, onvermijdelijke onzekerheden die Giulia niet voor hen verborgen heeft gehouden.

De stemming vond plaats in de grote zaal van het atelier. Mamma was erbij aanwezig, net als Francesca en Adela. Het was Giulia die ging tellen. Met trillende hand opende ze alle biljetten die in papa's hoed waren geworpen – dat was haar idee geweest, als een laatste eerbetoon aan haar vader. 'Zo is hij vandaag een beetje bij ons,' zei ze.

Met zeven stemmen tegen drie had de meerderheid zich

duidelijk uitgesproken. Giulia zal zich dat moment nog lang herinneren. Ze kon met moeite haar blijdschap verbergen.

Via Kamal heeft ze een contact opgedaan in India: een man in Madras die bedrijfskunde heeft gestudeerd aan de universiteit. Hij reist het hele land door en gaat de tempels af om haar te kopen. Hij is hard in zaken, maar Giulia blijkt haar mannetje te staan in het spel van onderhandelen. 'Mia cara, het lijkt wel of je je hele leven niet anders hebt gedaan!' zegt Nonna schertsend.

Met haar twintig lentes staat ze al aan het hoofd van het atelier. Ze is nu de jongste onderneemster van de buurt. Ze heeft haar intrek genomen in het kantoor van haar vader. Ze kijkt vaak naar zijn foto aan de muur, vlak bij die van zijn voorouders. Haar eigen foto heeft ze er nog niet tussen durven hangen. Dat komt nog wel.

Als ze verdrietig is gaat ze naar boven, naar het laboratorio op het dak. Dan tuurt ze naar de zee en denkt aan haar vader, aan wat hij gezegd zou hebben, aan wat hij gedaan zou hebben. Ze weet dat ze niet alleen is. Haar papa staat aan haar zijde.

Kamal is bij Giulia. Hij wilde haar naar het vliegveld vergezellen. De laatste tijd hebben ze meer gedeeld dan lunchpauzes. Hij heeft zich ontpopt als een onwankelbare steun voor Giulia, stond open voor al haar ideeën, betoonde zich enthousiast, inventief, ondernemend. Hij was haar minnaar; hij is haar bondgenoot en vertrouweling geworden.

Het vliegtuig komt eindelijk in zicht. Als ze het stipje in de lucht ziet dat langzaam groter wordt, denkt Giulia bij zichzelf dat hun toekomst, hun hele toekomst in het ruim van dat dikbuikige vrachtvliegtuig zit. Ze pakt Kamals hand. Ze zijn geen twee onafhankelijke individuen die, dolend op de kronkelpaden van het bestaan, het avontuur aangaan maar, zo voelt ze dat, een man en een vrouw die in elkaar de haven hebben gevonden. Wat mamma, de familie en de mensen in de buurt er ook van zullen zeggen, denkt Giulia. Ze voelt zich vandaag een vrouw, naast deze man die haar tot leven heeft gewekt. Deze hand zal ze niet snel loslaten. In de jaren die volgen zal ze hem vasthouden op straat, in het park, op de kraamafdeling, terwijl ze slaapt, klaarkomt, huilt, terwijl ze hun kinderen ter wereld brengt. Deze hand houdt ze heel lang vast.

Het vliegtuig landt en komt tot stilstand. De inhoud wordt rap uitgeladen en naar het sorteercentrum overgebracht waar de magazijnbediendes in de weer zijn.

In het magazijn tekent Giulia een formulier waarop staat dat ze de goederen in ontvangst heeft genomen. Het pakket staat voor haar, niet groter dan een koffer. Trillend pakt ze een mes om de zijkant open te snijden. Het eerste haar wordt zichtbaar. Ze pakt voorzichtig een lok: heel lang gitzwart haar. Ongetwijfeld vrouwenhaar, zijdeachtig en dik. Daarnaast een andere lok: iets minder lang, dit keer zacht als zijde of fluweel – het lijkt het haar van een kind. Het is vorige maand in de tempel van Tirupati gekocht, heeft haar handelsrelatie gemeld, de meest bezochte bedevaartplek ter wereld met alle religies door elkaar, vóór Mekka en het Vaticaan – dat vond Giulia een opmerkelijk detail. Ze denkt aan de mannen en vrouwen die ze niet kent en die ze nooit zal ontmoeten, die hun haar als gift hebben geschonken. Hun offerande is een cadeau van God, denkt ze bij zichzelf. Ze zou ze willen omhelzen om ze te bedanken. Ze zullen nooit weten waar hun haar terecht is gekomen, welke reis om de wereld het heeft afgelegd. Toch is die reis pas net begonnen. Op een dag zal iemand op de wereld deze lokken dragen, lokken die haar arbeidsters zullen ontwarren, wassen en behandelen. Diegene heeft geen benul van de strijd die daaraan voorafis gegaan. Hij of zij zal het dragen en misschien is het zijn of haar trots, zoals het vandaag Giulia's trots is. Bij die gedachte glimlacht ze.

Met de hand van Kamal in de hare bedenkt ze dat dit haar plek is, dat ze die eindelijk heeft gevonden. Het atelier van haar vader is gered. Hij kan vredig rusten. Op een dag zullen haar kinderen de lijn voortzetten. Ze zal ze het vak leren, ze zal ze meenemen op de routes die ze vroeger met haar vader aflegde, op de Vespa.

Soms keert de droom terug. Giulia is geen negen meer. De Vespa van haar vader zal er nooit meer zijn, maar ze weet nu dat de toekomst veelbelovend is.

En dat die haar van nu af aan toebehoort.

Sarah

Montreal, Canada

Sarah loopt door de besneeuwde straten. Aan het begin van deze februarimaand zijn de temperaturen Siberisch, maar ze zegent de winter: die is haar alibi. Dankzij dit seizoen valt haar muts niet op in de menigte, die zich net als zij heeft gewapend tegen de kou. Ze kruist een groep scholieren die elkaars hand vasthouden. Onder hen is er een meisje met precies dezelfde muts; geamuseerd werpt ze haar een blik van verstandhouding toe.

Sarah vervolgt haar route. In haar jaszak zit het kaartje dat ze van de vrouw kreeg die ze een paar weken eerder in het ziekenhuis heeft ontmoet. Ze kregen hun behandeling in dezelfde ruimte en waren spontaan met elkaar in gesprek geraakt, als twee klanten op een caféterras. Ze hadden de hele middag zitten praten. Het gesprek had al snel een persoonlijke wending genomen, alsof de ziekte hen dichter bij elkaar bracht, een onzichtbare draad tussen hen spon. Sarah had op internet, op forums of blogs, al vele verhalen gelezen waardoor ze de indruk kreeg dat ze deel uitmaakte van een club, van een groep ervaringsdeskundigen, mensen die het begrijpen, die *dat* hadden doorgemaakt. Je had de oudgedienden, de *Jedi*, die al aardig doorgewinterd waren in de strijd, en de nieuwkomers, de *Padawans*. Die laatsten, zoals Sarah, moesten alles nog leren. Op die dag had de vrouw in het ziekenhuis – ongetwijfeld een Jedi die al meer dan één strijd had gestreden, ook al bleef ze terughoudend over haar ziekte – die winkel in 'haarwerken' met kundig en discreet personeel ter sprake gebracht. Ze had Sarah het kaartje van de zaak gegeven, voor als het moment daar was. In de strijd voor genezing moest je de eigenwaarde niet onderschatten, vond ze. 'Degene die je in de spiegel ziet moet je bondgenoot zijn, niet je vijand,' had ze als een kenner geconcludeerd.

Sarah had het kaartje opgeborgen en er niet meer aan gedacht. Ze had geprobeerd de zaak te rekken, maar de realiteit haalde haar in.

Het moment is daar. Sarah loopt door de besneeuwde straten naar de winkel. Ze had een taxi kunnen nemen, maar ze ging liever lopen. Net als een pelgrimage is dit een tocht die ze te voet moet afleggen: een soort overgangsrite. Ernaartoe gaan zegt een heleboel, het zegt: eindelijk de ziekte accepteren. Die niet meer afwijzen, niet meer ontkennen. De ziekte onder ogen zien zoals ze is: niet als een straf of een noodlot, een vloek waaraan ze zich moet onderwerpen, maar meer als een gegeven, een gebeurtenis in haar leven, een beproeving die ze moet doorstaan.

Terwijl Sarah de winkel nadert bekruipt haar een vreemd gevoel. Het is geen déjà vu, ook geen voorgevoel. Nee, het is een diepere sensatie, iets dat door haar hoofd en heel haar wezen stroomt en vreemd genoeg zegt dat ze deze weg al eens eerder heeft afgelegd. Toch is het de eerste keer dat ze in deze buurt rondloopt. Zonder dat ze het kan verklaren heeft ze het gevoel dat er daar iets op haar wacht. Dat ze er een afspraak heeft die al heel lang gepland stond.

Ze duwt de winkeldeur open. Een elegante vrouw begroet haar beleefd en leidt haar via een gang naar een klein kamertje met een fauteuil en een spiegel. Sarah trekt haar jas uit en zet haar tas neer. Ze wacht even voordat ze haar muts afdoet. De vrouw bekijkt haar zonder iets te zeggen.

'Ik ga u onze modellen laten zien. Heeft u een idee van wat u zoekt?'

Ze doet niet onderdanig of meewarig. Haar toon is precies goed, zonder poespas of aanstellerij. Onmiddellijk voelt Sarah zich in goede handen. Deze vrouw weet waar ze het over heeft. Ze heeft vast al tientallen, honderden vrouwen in dezelfde situatie ontmoet. Ze ziet ze waarschijnlijk de hele dag. Toch geeft ze Sarah het gevoel dat ze uniek is, ze behandelt haar tenminste als zodanig. Niet dramatiseren, niet bagatelliseren: dat is een kunst die de vrouw tot in de puntjes beheerst.

Bij haar vraag voelt Sarah zich in verlegenheid gebracht. Ze weet het niet. Daar heeft ze niet over nagedacht. Ze wil graag... iets levends, iets natuurlijks. Iets wat bij haar past, in feite. Het is een beetje stom, denkt ze, hoe kan haar van een ander haar staan en bij haar gezicht, bij haar karakter passen?

De vrouw verdwijnt en komt even later terug met een soort hoedendozen. Uit de eerste haalt ze een kastanjebruine pruik – synthetisch, licht ze toe, vervaardigd in Japan. Ze schudt hem krachtig, op zijn kop – in de doos komt er soms een verkeerd model in, hij moet weer een menselijke vorm krijgen, zegt ze. Sarah past hem zonder veel overtuiging. Ze herkent zichzelf niet onder die dikke bos haar, zij is het niet onder die berg haren, ze lijkt wel verkleed. Een goede prijs-kwaliteitverhouding, merkt de vrouw op, maar het is niet ons beste product. Uit een tweede doos haalt ze een andere pruik tevoorschijn, opnieuw van kunsthaar, maar van goede kwaliteit – aangemerkt als 'Grand Confort'. Sarah weet niet goed wat ze moet zeggen. Ze blijft dromerig naar haar spiegelbeeld kijken, waarin ze zichzelf wederom niet herkent. De pruik is niet verkeerd, er valt niets op aan te merken, behalve dat hij *eruitziet* als een pruik. Nee, onmogelijk, dan draagt ze nog liever een sjaal of muts. Dan pakt de vrouw de derde doos. Die bevat een nieuw model, van echt haar, legt ze uit. Een zeldzaam en kostbaar product – maar sommige vrouwen hebben het geld ervoor over. Sarah bekijkt de pruik verwonderd: het haar heeft dezelfde kleur als het hare, het is lang, zijdeachtig, heel zacht en dik. Indiaas haar, vermeldt de vrouw. Het is behandeld, ontkleurd en geverfd in Italië, in Sicilië om precies te zijn, waarna de haren in een klein atelier een voor een aan een tulen mutsje zijn bevestigd. Daarbij is gebruikgemaakt van de trenstechniek, arbeidsintensiever maar steviger dan implantatie met de knoopnaald. Tachtig uur werk voor ongeveer honderdvijftigduizend haren. Een uniek product. 'Het betere handwerk, zoals wij dat noemen,' voegt de vrouw er trots aan toe.

Ze helpt Sarah de pruik op de juiste manier op te zetten – altijd van voor naar achter. 'In het begin lijkt het moeilijk, maar het went snel,' zegt ze. Op den duur heeft ze er niet eens een spiegel meer bij nodig. Uiteraard kan ze hem laten bijknippen naar haar smaak, bij een kapsalon. Het onderhoud is eenvoudig: shampoo en water – net als voor haar eigen haar. Sarah richt haar hoofd op en bekijkt zichzelf in de spiegel: er staat een nieuwe vrouw voor haar die op haar lijkt maar tegelijkertijd iemand anders is. Het is een vreemde gewaarwording. Toch herkent ze haar gezicht, haar bleke huid, de kringen onder haar ogen. Ze is het. Ja, ze is het echt. Ze raakt de lokken aan, schikt ze, brengt ze in model, in vorm, niet zozeer om ze zich toe te eigenen maar om ze te beteugelen. Het haar werkt niet tegen, het laat zich temmen, gedwee en gul. Het schikt zich geleidelijk naar haar ovale gezicht, het geeft mee. Sarah strijkt het glad, streelt het, kapt het en vindt het zo soepel dat ze bijna dankbaar is. Ongemerkt wordt dit haar van een onbekende van haar, voegt het zich naar haar figuur, haar silhouet, haar belijning.

Sarah bekijkt haar spiegelbeeld uitvoerig. Wat ze was verloren lijkt deze haardos haar weer terug te geven. Haar kracht, haar waardigheid, haar wilskracht, alles wat haar maakt tot wie ze is: Sarah, sterk, trots. En mooi. Plotseling voelt ze dat ze eraan toe is. Ze draait zich naar de vrouw toe en vraagt of die haar hoofd wil scheren. Ze wil dat het dáár gebeurt. Nu. Ze gaat deze pruik vanaf vandaag dragen. Ze schaamt zich niet om zo terug naar huis te lopen. En ze kan hem beter opzetten zonder eigen haar eronder, dan wordt het makkelijker. Het moet vroeg of laat toch gebeuren, dus dan maar beter hier, want nu heeft ze er de kracht voor.

De vrouw stemt ermee in. Gewapend met een scheerapparaat volbrengt ze de taak met zachte en kundige hand.

Als Sarah haar ogen weer opent, is ze een moment verrast. Pas geschoren lijkt haar hoofd kleiner dan daarvoor. Ze lijkt op haar dochter toen die één jaar was en nog geen haar had – een baby, daar lijkt ze op. Ze probeert zich de reactie van haar kinderen voor te stellen – ze zouden verbaasd zijn als ze haar zo zagen. Misschien laat ze het hun op een dag zien. Later.

Of niet.

Op de manier die haar is voorgedaan plaatst ze de pruik over haar gladde schedel en brengt het haar dat het hare is geworden in model. Oog in oog met haar spiegelbeeld weet Sarah één ding heel zeker: ze zal leven. Ze zal haar kinderen zien opgroeien. Ze zal ze pubers zien worden, volwassenen, ouders. Bovenal wil ze hun liefhebberijen kennen, hun bezigheden, hun talenten, hun liefdes. Hen begeleiden op hun levenspad, de liefhebbende, tedere en belangstellende moeder zijn die met hen meeloopt.

Ze zal als overwinnaar uit deze strijd komen, lijkbleek misschien, maar overeind. Hoeveel maanden of jaren de behandeling ook duurt, vanaf nu zal ze met hart en ziel al haar energie, iedere minuut en iedere seconde steken in de strijd tegen haar ziekte.

Ze zal nooit meer Sarah Cohen zijn, de machtige zelfverzekerde vrouw die door velen werd bewonderd. Ze zal nooit meer onoverwinnelijk zijn, nooit meer een superheldin. Ze zal zichzelf zijn: Sarah, een vrouw die door het leven is getekend en beschadigd, maar ze zal er zijn, met haar littekens, haar zwaktes en haar wonden. Die zal ze niet meer proberen te verhullen. Haar vorige leven was een leugen, dit wordt het echte.

Als de ziekte haar nog wat tijd gunt, zal ze als advocaat voor zichzelf beginnen, met de paar klanten die nog in haar geloven en met haar mee willen gaan. Ze zal een procedure starten tegen Johnson & Lockwood. Ze is een goede advocate, een van de beste in de stad. Ze zal ruchtbaarheid geven aan de discriminatie die ze heeft moeten ervaren, uit naam van de duizenden mannen en vrouwen die op de werkvloer te snel zijn veroordeeld en net als zij een dubbele straf krijgen. Voor hen zal ze knokken. Dat kan ze als de beste. Dat wordt haar strijd.

Ze zal leren om anders te gaan leven: ze gaat genieten van haar kinderen, vrije dagen opnemen voor de fancy fairs aan het eind van het schooljaar. Ze zal nooit meer een verjaardag van hen overslaan. Ze neemt ze mee op vakantie, 's zomers naar Florida, 's winters op de ski's. Die momenten met hen, die ook haar leven bepalen, neemt niemand haar meer af. Er zal geen muur meer zijn, nooit meer een leugen. Ze zal nooit meer een verscheurde vrouw zijn.

Maar eerst moet ze de strijd met de mandarijn aangaan, met de wapens die de natuur haar zo gul heeft gegeven: moed, kracht, vastberadenheid en ook intelligentie. Haar familie, haar kinderen, haar vrienden. En verder de artsen, verpleegkundigen, oncologen, radiologen en apothekers die zich elke dag voor haar inzetten en aan haar zijde staan. Ze heeft plotseling het gevoel dat ze aan het begin staat van een vuistdik epos, dat er om haar heen een ontzagwekkende energie ontstaat. Ze voelt een warme stroming door zich heen gaan, een nieuwe tinteling, een onbekende vlinder die zachtjes in haar buik fladdert.

Buiten is de wereld, het leven, haar kinderen. Ze gaat ze vandaag uit school halen. Ze ziet hun verbazing al voor zich – ze deed dit bijna nooit. Hannah zal waarschijnlijk geroerd zijn. De tweeling zal op haar af rennen. Ze zullen opmerkingen maken over haar kapsel, over haar nieuwe haar. Dan zal Sarah het hun uitleggen. Ze zal hun vertellen over de mandarijn, over haar werk, over de oorlog die ze samen zullen moeten voeren.

Terwijl Sarah de winkel achter zich laat, denkt ze aan de vrouw aan het andere eind van de wereld, in India, die haar

haar heeft weggegeven, aan de Siciliaanse arbeidsters die het geduldig hebben ontward en behandeld. Aan de vrouw die de haren heeft vastgezet. Ze beseft dat het universum samenwerkt voor haar genezing. Ze moet denken aan een zin uit de Talmoed: *Wie een leven redt, redt de hele wereld.* Vandaag redt de hele wereld haar, en Sarah zou haar willen bedanken.

Ze beseft dat ze leeft. Ja, vandaag leeft ze.

Ze leeft nog een hele tijd.

Bij die gedachte glimlacht ze.

Epiloog

Mijn werk is ten einde.
De pruik ligt hier voor me.
Het gevoel dat me overspoelt is uniek.
Niemand is er getuige van.
Het is een plezier dat alleen mij toebehoort,
Het plezier van de volbrachte taak,
De trots van goed uitgevoerd werk.
Als een kind bij zijn tekening glimlach ik.

Ik denk aan het haar,
aan de plek waar het vandaan komt,
aan de weg die het heeft afgelegd,
de weg die het nog te gaan heeft.
Die weg zal lang zijn, dat weet ik.
Het ziet meer van de wereld
dan ik, in mijn atelier opgesloten,
ooit zal zien.
Wat geeft het, die reis is ook de mijne.

Ik draag mijn werk op aan de vrouwen
die verbonden worden door hun haar
als door een lang snoer van zielen.
Aan hen die liefhebben, baren, hopen,
vallen en weer opstaan, duizend keer,
die buigen maar niet breken.
Ik ken hun gevecht,
Ik deel hun tranen en hun vreugde.
Elk van hen is een beetje mij.

Ik ben maar een lijntje,
een nietige schakel
die zich ophoudt
op het kruispunt van hun levens,
een gespannen draad die hen verbindt,
even dun als een haar,
onzichtbaar voor het oog en voor de wereld.

Morgen ga ik andermaal aan het werk.
Er wachten me nieuwe verhalen.
Nieuwe levens.
Nieuwe bladzijden.

Dankwoord

Aan Juliette Joste, voor haar enthousiasme en haar vertrouwen.

Aan mijn man Oudy, voor zijn onwankelbare steun.

Aan mijn moeder, mijn allereerste lezeres sinds mijn jeugd.

Aan Sarah Kaminsky, die me heeft vergezeld in elke fase van dit boek.

Aan Hugo Boris, voor zijn meer dan waardevolle hulp.

Aan Françoise van Atelier Capilaria in Parijs, omdat ze haar deuren voor me opende en me uitlegde hoe ze werkt.

Aan Nicole Gex en Bertrand Chalais, voor hun kundige advies.

Aan de documentalisten van de Inathèque, die me bij mijn research hebben geholpen.

En ten slotte aan mijn leerkrachten en docenten Frans, die me sinds mijn jeugdjaren het plezier in het schrijven hebben bijgebracht.